Refugio A2

Néstor Bracho

EDIQUID

Refugio A2
© Néstor Bracho

Editado por: Corporación Ígneo, S.A.C.
para su sello editorial Ediquid
Av. Arequipa 185 1380, Urb. Santa Beatriz. Lima, Perú
Primera edición, septiembre, 2022

ISBN: 978-612-5078-32-2
Tiraje: 50 ejemplares

Hecho el Depósito Legal en la Biblioteca Nacional del Perú N° 2022-07451
Se terminó de imprimir en septiembre de 2022 en:
ALEPH IMPRESIONES SRL
Jr. Risso Nro. 580 Lince, Lima

www.grupoigneo.com
Correo electrónico: contacto@grupoigneo.com
Facebook: Grupo Ígneo | Twitter: @editorialigneo | Instagram: @grupoigneo

Diseño de portada: Mariana Barrientos
Corrección: Beatriz Chavarri Lecuna
Diagramación: Gerardo Hernández B.

Colección: Nuevas voces

Contenido

Mis agradecimientos

Este manuscrito nació en tiempos en los que la pandemia estaba en su máximo apogeo. Fueron momentos difíciles de mucha incertidumbre y desesperación en todo el mundo.

Durante ese tiempo estuve encerrado en un centro penitenciario en Nueva York con casi cero comunicaciones con el mundo exterior. Este retiro espiritual y de crecimiento personal hizo despertar en mí no solo mi parte más creativa, sino también la conexión directa conmigo mismo y con mi creador.

Dios haría posible que entendiese que cada momento de la vida es una aventura que no se volverá a repetir, y que por más que insistamos en hacer nuestra voluntad nunca será del modo ni en el tiempo que nosotros fijemos.

Quiero dedicar este libro a las personas que lo inspiraron directamente: a mis compañeros del centro de reclusión, donde me di cuenta de que aquellos lugares a veces están más llenos de gente buena que de gente mala.

Este viaje de crecimiento y evolución espiritual hizo posible que estés leyendo estas páginas, una historia que enfatiza la fortaleza del ser humano en momentos de adversidad, soledad y angustia.

Boo, para ti. Hiciste que los minutos a través de un teléfono no hayan sido horas perdidas. Tu compañía, aunque desde afuera, a través de una llamada, me dio calor y seguridad y, sobre todo, la idea de esta maravillosa obra.

Para mis amigos, donde sea que estén.

El escape

Ciudad de Nueva York, año 2030.

Han pasado casi diez años desde que la COVID-19 se volvió omega, mutando su capacidad de resistir y volviéndose más letal. En su paso por el planeta destruyó familias de cada pueblo, ciudad y nación sin importar color, raza, sexo o clase social. El virus no discriminó a nadie.

Yo soy uno de los sobrevivientes de Nueva York, y supongo que no fuimos los únicos en el mundo. Tenía nueve años cuando escuché aquella aterradora alarma. Me imagino que podría oírse a kilómetros de distancia, o quizás había parlantes con aquel sonido en toda la ciudad, pero no tuve miedo, tenía a mi madre conmigo, aquí en el refugio.

Nací aquí en época del coronavirus, cuando aún no estaba en su fase más terrible, o quizás siempre lo estuvo.

Un día ya no volví a ver a algunos niños con los que solía compartir el desayuno. Otro día, tiempo después, no vi de nuevo a mi madre, así como tampoco sentí el calor del sol sobre mi piel, o el olor a césped recién cortado, o el de la tierra recién bañada por la lluvia. Todo ello está solo en mi imaginación y en los libros que mi madre solía leerme.

Casi olvido presentarme. Soy Número 10, así nos dicen aquí, es más sencillo de recordar, me imagino, pero desde luego que tengo un nombre. Me llamo Dino, igual que mi padre, y mi madre solía decirme Dinito o Din-Din, pero para el resto del mundo, o por lo menos aquí, solo soy Número 10.

No me malentiendas, me gusta ser llamado Número 10, va con mi personalidad de líder; eso solía decirme ella cada día que recuerdo aquí, en Alfa 2. Así se llama este lugar, que es todo lo que conozco en mis dieciséis años de edad.

Déjame enseñarte el complejo de reclusión. No es muy grande, a decir verdad, pero si te cuento podrás hacerte una idea de cómo es el refugio. Cuenta con setenta dormitorios de cinco por cinco de ancho y largo. Tenemos una camilla individual, una mesita plegable de respaldo, un lavamanos y un excusado, todo perfectamente funcional.

Las paredes son blancas, no hay muchos colores aquí, a excepción del plateado de los accesorios dentro de cada dormitorio.

Nuestras ropas son uniformes compuestos de camiseta y ropa interior blancas, y un pantalón amarillo que hace juego con un chaleco del mismo color.

Mi madre me dijo que mucho antes de que yo naciera había más brigadas de diferentes colores, unos grises, otros azules y otros de color rojo, y luego veníamos nosotros, los de amarillo.

Aquellos días se han terminado, ya no somos tantas personas. De hecho, la mayoría de los dormitorios están vacíos. Solo están ocupadas unas veinte habitaciones; cuando mi madre se marchó a su misión poco a poco se fueron llevando a más personas, primero a los ancianos, luego a los hombres de mediana edad, después a las mujeres, tras ellas solo a las niñas y por últimos los niños.

Ninguno de nosotros tiene la más mínima idea de dónde pueden estar nuestras familias o conocidos una vez que salen de este búnker, ya que nadie regresó jamás.

La Comisaria, o como nosotros solemos llamarla, el Cuervo, ya saben, pájaro de mal augurio, solo se acercaba al recinto a traer malas noticias, o peor aún, a llevarse a alguien. Nosotros nos hemos mantenido juntos desde que puedo recordarlo. Es ahora cuando les presento a mis amigos.

Pee Sho, mejor conocido como Número 1, es bastante inteligente, habla varios idiomas y es uno de los más divertidos del grupo. Es el más bajito de estatura, tiene diecisiete años y siempre llega tarde a todos lados con la excusa de que se queda dormido.

A Miguel le decimos Grandulón o la Bestia (tiene diferentes apodos) por ser el más rudo en juegos como el fútbol, o incluso en los más simples, como las cartas, pero aquí es Número 12. Es quien sabe más de fechas históricas. Él podría ser muchas cosas y saber más por ser el mayor del grupo, pero siempre lleva bajo su brazo una Biblia.

Andrés y Carpio son gemelos, para desgracia de ambos aquí en el complejo no hay habitaciones dobles, aunque sin importar a dónde vaya uno de ellos, el otro lo seguirá. Casi siempre se les ve entrenando sus cuerpos y, como dato curioso, son bastante callados, muy rara vez se les oye hablar sobre nada. Sus números son 58 y 59, respectivamente.

Will, Mr. Sudoku, Calculadora humana o solo Número 3, es el más joven después de mí, con quince años de edad. También nació aquí en el complejo y nunca conoció a sus padres, y por si no lo dedujiste de su sobrenombre, te diré que es bastante bueno con las matemáticas.

Los números 9 y 28 siempre se han encargado de buscar y traer nuestros desayunos, almuerzos y cenas. Los números 15 y 18 son los ancianos del complejo; no sabemos qué edad tienen, pero son fríos y gruñones, no tienen sentido del humor y solo se les ve socializar entre ellos. Se encargan de la limpieza de las áreas comunes como la cocina, las duchas y las cabinas de teléfonos, aunque para serte sincero, nadie nunca ha usado esas cabinas desde que tengo uso de razón.

Los números 5 y 51, conocidos como los Prefectos, mantienen el orden en las áreas comunes (como si hubiese demasiado alboroto). También se encargan de enviar o recibir correos de emergencia y en general del mantenimiento del complejo, aunque tampoco es que algo necesitase atención constante.

Tenemos una biblioteca en la que solíamos recibir clases por internet, pero hace cinco años o quizás más dejó de haberlas, así que nos tocó seguir a nosotros solos. Así, cada quien encontró la asignatura con la cual identificarse; en mi caso, me gustaba aprender de todo un poco.

El área común tiene lo básico para las reuniones sociales: juegos de mesa de los más aburridos y un par de televisores que, al igual que nuestras clases en línea, no emitieron más programas en vivo; solo podíamos reproducir lo que había quedado grabado de antaño.

No sabría decirte en qué momento la monotonía comienza a apoderarse de tu mente y toda tu realidad parece noticia pasada y repetida. Los mismos chistes, las mismas cosas, las mismas rutinas y las mismas películas (hasta me sé los diálogos de memoria).

Contamos, además, con un espacio parecido a una cancha de tenis, más bien la mitad de ella. Hay un aro de básquetbol y un par de bolas de goma con las que jugamos al quemado o lo que se nos ocurra con ellas.

Una parte importante de vivir aquí son los alimentos. Todo lo que comemos lo obtenemos del invernadero, que es casi del tamaño del complejo. Tenemos cebollas, tomates, tubérculos varios, pimientos verdes, bayas y granos.

Cuando era más pequeño solía haber abundancia de otras cosas que a todo el mundo le gustaban, sobre todo cuando eres un niño, como chocolates y postres, pero con el pasar de los años todo se fue agotando y, desde luego, la comida se fue racionando cada vez más. Todo lo que se quisiera comer y no se podía había sido resguardado en la bóveda. Solo entraban a ella los números 5 y 51.

Sea como fuese, el complejo nos ofrecía lo necesario para una vida en cautiverio y sus paredes de concreto y techos de viga y vidrio nos recordaban que afuera solo hallaríamos muerte y ruinas.

Hay una sección del búnker llamada Alfa 1, o como nosotros le decimos, el Ala Oscura. No tiene iluminación, solo es un largo pasillo tenebroso y con una oscuridad capaz de tragarse todo lo que entre en ella. Además, aquí había una pesada puerta de barrotes que nos impedía el paso más allá.

La vida en el búnker es bastante rutinaria y sencilla. Nos despiertan cada día a las seis de la mañana para tomar el desayuno y podemos elegir si comer en el área común o en nuestros dormitorios. Ya se imaginarán dónde lo tomamos mis amigos y yo: buscamos la comida y nos encerramos de nuevo en el dormitorio a dormir hasta que Mr. Bigotes nos despierte con el sonido del interruptor indicando que comenzó otro día y que podemos salir a hacer nuestros deberes. Cada día las habitaciones deben quedar limpias y arregladas antes de dejarlas, una vez aprobada la inspección.

Número 1 y Número 12 se dedicaban a lavar y pulir tomates y pimientos. Normalmente les tomaba unas dos horas y luego nos reuníamos en la biblioteca. Número 58 y Número 59, o sea, los gemelos, pelaban las papas y cortaban las cebollas, mientras que a Will y a mí, es decir, los números 3 y 10, nos tocaba limpiar el invernadero, abrir el sistema de riego y recoger las bayas.

Una vez que cada grupo acababa con su deber esperábamos la inspección de rutina y al salir nos reuníamos en la biblioteca. Como de costumbre, Número 12 nos esperaba con libros y un listado de deberes.

Si algo tengo que resaltar es que Miguel siempre nos exhortaba a estudiar, y eso que su apariencia no era la del tipo de persona erudita. Una vez nos contó que les ganó una pelea a dos chicos de trece años cuando él solo tenía nueve, y todo por llamarlo Pollito asustadizo (ya saben, por el uniforme amarillo). Desde entonces Número 12 corrió la voz y a los azules les apodaron los Excusientos; de esa forma, Número 12 construyó su ruda reputación: se dejó crecer el cabello hasta los hombros y de vez en cuando se hacía una coleta que dejaba ver una cicatriz bajo su ojo derecho, producto de la pelea. A su vez, con el tiempo Número 12 le extendió esa popularidad de mala fama a Número 28, que en realidad se llamaba Joseph.

Algo importante para liberar el estrés del confinamiento era romper las reglas, y como consecuencia de ello, los castigos recaían en los números 1, 3 y en mí, el 10.

Nos gustaba romper nuestros uniformes para usarlos como armaduras de guerra cada vez que jugábamos al fusilado en la cancha con las pelotas. Siempre que Mr. Bigotes se daba cuenta nos regañaba y castigaba dándonos trabajo extra, aunque quizás ignoraba que disfrutábamos eso.

Yo solía suponer que moriría en este lugar o que algún día me reclutarían para una misión y me marcharía del búnker, y luego… ¿qué sigue? No tengo manera alguna de saberlo.

Recuerdo aquel día con claridad. El día en que esa normalidad rutinaria se rompió. Un pequeño desperfecto en el equilibrado ecosistema cambio la manera de vivir en el búnker. No sé si fue simple casualidad, pero claro que no puedo llevarme todo el crédito, yo solo fui un instrumento usado por Número 3 para cambiar las cosas en este lugar.

Aquella mañana, como casi todas, Número 3 y yo llevábamos los cestos de ropa sucia hasta el bajante (un agujero negro que se traga todo lo que deposites; a través de un tobogán en su interior lo lleva todo hasta la lavandería mediante un carro, a un nivel inferior justo debajo del complejo) y luego debíamos salir corriendo al invernadero.

Will y yo teníamos nuestra rutina, él recogía las bayas y yo araba la tierra para plantar, reacomodaba el fertilizante y colocaba semillas en agujeros que, tras rociarlos con algo de agua, quedaban sellados y listos para germinar.

—Boing… boing… boing…

Cada línea de siembra medía alrededor de unos trescientos metros de largo y eran un montón de ellas, en serio, muchas.

—Boing… boing… boing…

Solo escuchar el botar de la pelota de goma de Will me enloquecía.

—Will —le espeté con fuerza—, ¿podrías dejar de hacer ese ruido? Ya sabes que tenemos prohibido jugar aquí y no quiero otro regaño de Mr. Bigotes.

Mr. Bigotes, o el oficial Rodríguez, parecía ser un buen tipo, casi siempre empático con nosotros. Era alto, de piel morena, calvo y llevaba gafas Su principal atractivo era su prominente bigote negro azabache.

—Lo siento —repuso Will cabizbajo—, es que estoy aburridísimo, de paso, ya estamos terminando y hasta un poco antes de tiempo. No creo que un minuto de demostración le haga daño a nadie.

Yo seguía mirando a Will con cara de pocos amigos.

—Además, no todos los días se tiene la oportunidad de jugar con el mejor lanzador de las ligas menores de todo el búnker —seguía fanfarroneando con una sonrisa que también le devolví en señal de burla.

—Ya cállate —le dije en tono cansino—. Puede que no lo sepas, pero ambos tenemos tan buena visión como un murciélago al mediodía, o sea, nula. Culpa de la genética.

—No es cierto —dijo Número 3 un tanto herido por mi comentario—. Te reto a que vayas al otro extremo del invernadero y atrapes la pelota.

—No podrás llegar tan lejos, tonto —repetí, pero accedí—. Solo tendrás un intento, Will —concluí entre risas mientras me alejaba a grandes zancadas.

El invernadero era quizás dos veces más grande que la cancha de tenis, además, la bola de goma, a pesar de ser pequeña, era bastante pesada, incluso para golpearla con la palma de la mano, así que a mi parecer era bastante improbable que Número 3 la hiciera llegar a mi lado del invernadero.

Una vez que llegué al otro extremo le grité a Will que ya estaba listo. Número 3 tomó la bola, la arrojó al aire, esperó que alcanzara la altura adecuada y la golpeó con fuerza. Lo supe por el sonido del choque entre su mano y la goma.

La bola siguió su trayectoria, aunque no en la dirección que se suponía que debía recibirla. Me puse en movimiento para atraparla. La pelota descendía más y más y mi vista estaba clavada en ella. Retrocedí, me rodé un poco a la izquierda y la atrapé, ¡claro que la atrapé!, pero no fue perfecto.

Me había tropezado con una de las mangueras de riego, por lo que aterricé en una de las hileras de arbustos y rompí con el pie alguno de los ductos de temperatura del invernadero, no estaba seguro si el de calefacción o el de enfriamiento.

Sin que tuviese tiempo para reaccionar, las alarmas ya se habían encendido y luces rojas y amarillas danzaban por todas partes, en el techo, en las paredes y hasta en el suelo mismo. «Modo pánico», así se llamaba aquella señal.

Las mangueras de riego comenzaron a funcionar sin control, inundando en pocos minutos todo el lugar.

El conducto —de enfriamiento o calefacción— también cobró vida y en segundos se produjo una niebla densa que a cualquier ser humano con una visión decente le impediría ver lo que para Will y para mí suponía un esfuerzo triple.

—¿Qué hemos hecho? —maldecía Número 3.

—¿Cómo podría saberlo? ¡Piensa! —le grité a Will, preso de un pánico palpable—. Busca alguna llave o pomo que corte el flujo del agua. Debe de estar abajo, en el suelo.

La poca visibilidad del lugar hacia más complicada la tarea de buscar cómo desconectar el sistema de riego y por donde se intentase caminar terminabas enlodado. Continué andando a gatas, palpando por donde fuese posible en búsqueda de la fulana llave de paso, cuando de pronto me encontré un zapato, más bien un pie humano, uno muy grande, y me pregunté qué estaría haciendo allí. En ese punto todo se detuvo.

—Creo que encontré al responsable, o más bien, él me encontró.

Era Mr. Bigotes, haciendo alarde de su soberbia. Lo acompañaban los números 5, 51, 28 y 12. Era nuestro fin.

Como les había dicho antes, en el búnker cada espacio tenía su uso específico, precisamente para evitar estas situaciones.

Mr. Bigotes nos envió a las duchas y acto seguido debíamos encerrarnos en nuestras habitaciones, de seguro para esperar nuestra sentencia de muerte.

Creo que ya eran alrededor de las cuatro de la tarde cuando escuché el seguro de mi puerta al desbloquearse. Sabía que debía salir de la habitación y darle la cara a todo el mundo. Mi estómago, en aquel momento, reflejaba lo nervioso que estaba, ¡qué digo nervioso!, estaba aterrado.

¿Cuán grave había sido aquello que habíamos causado y cuán severo sería el castigo? Mr. Bigotes activó el sistema de altavoz para que todos oyéramos. Se aclaró la garganta y dijo:

—Los espero a todos en el área común, ahora mismo.

Por supuesto que pensé en los posibles escenarios y en la gravedad de nuestros actos, pero jamás se me ocurrió la idea de morir de hambre o ser desterrado. También sé que al final soy un número más (o quizás un número menos) al cual alimentar.

Bajé las escaleras con temor, pero aun así me uní al resto de la gente. Mr. Bigotes estaba de pie frente a todos en el salón y los números 5 y 51 lo flanqueaban.

—Como saben, este día en horas tempranas se activó la alarma del invernadero —esta vez el tono de voz de Rodríguez era frío y susurrante, como el de una serpiente— como consecuencia de la desobediencia y la imprudencia de dos desconsiderados —dijo con pausa mientras posaba su mirada tanto en mí como en Will.

»Las consecuencias, aun siendo malas, pudieron haber sido peores. Sin embargo, los números 5, 51, 12 y 28 lograron salvar todo lo que pudieron. Podrían pasar años para que el invernadero recobre su balance, mientras tanto, racionaremos el alimento que nos queda. En vez de las cuatro comidas que solíamos tener al día —hizo una breve pausa y miró a todos con severidad—, solo serán dos, y si la ansiedad es tanta tendrán una pequeña botana. En pocas palabras, la comida será racionada a la mitad de lo acostumbrado.

Escuché a todo el mundo estallar en comentarios y palabras que no llegué a entender. Todos hablaban y gritaban, excepto Will y yo.

—¡Silencio! ¡Cállense todos! —sentenció Rodríguez—. Los prefectos me ayudarán a gestionar los alimentos. Les recuerdo que los dormitorios serán abiertos a las seis con veinticinco de la mañana y cerrarán a las diez con treinta exactos. Aquel que quede por fuera dormirá en el frío suelo junto a su puerta, y eso va con todos, sin excepción. Pueden retirarse.

Sentí su mirada de odio sobre mí y seguramente Número 3 también; y con razón, pues fue culpa nuestra.

Una vez que todos se marcharon del área común, Will y yo nos fuimos a la cancha de tenis. Mala idea.

La poca gente que había allí nos fulminó con la mirada sin emitir palabra. No queríamos más problemas.

—¿Y si vamos a la biblioteca? —le pregunté a Will. Él me siguió sin decir nada.

Número 3 y yo pasamos al menos una hora discutiendo si debíamos echar un vistazo al invernadero. Pensábamos que nos expulsarían, nos echarían a la calle a esperar a que el virus entrara en nuestro sistema y nos matara. Nada de eso pasó, pero tampoco creíamos que no habría consecuencias.

En este lugar nada se deja a la suerte y todo tiene un propósito específico, después de todo, solo éramos números.

Estábamos a punto de marcharnos cuando nos topamos cara a cara o, mejor dicho, cara y bigote con Klay Rodríguez, ese era su nombre completo.

—Justo a quienes estaba buscando —dijo mirándonos de pie a cabeza—. Síganme.

—¿A dónde iremos? —pregunto Will con tono nervioso.

—¿Acaso importa? —espetó Mr. Bigotes.

Yo solo me limité a mirar a mi amigo y le hice una señal para que no abriera la boca y dijera algo que empeorara todo.

—Lo que han hecho fue bastante grave. Pusieron en riesgo nuestra supervivencia aquí. No tienen idea de cómo es el mundo allí afuera, no durarían un día antes de que el virus los mate. Ahora bien... —dijo deteniéndose en el pasillo que conecta la escalera de servicios con el piso de abajo en donde se encontraba la lavandería.

Will y yo conocemos esa área a la perfección.

Una vez cuando éramos niños jugábamos a las escondidas y por accidente encontramos el ducto por donde echábamos la ropa sucia. En aquel momento no sabíamos para qué servía, nos metimos en él pero se desprendió, dejándonos caer al vacío. Por suerte, fuimos a dar a una montaña de ropa sucia que reposa en un contenedor mucho más grande de color azul.

—Caballeros, les espera una larga noche —nos dijo con tono amenazante—. Mejor pónganse a lavar, secar y doblar toda esa pila de ropa a ver si logran llegar a sus camas antes de que se cierren las puertas, aunque sinceramente no encuentro la diferencia entre el piso y sus camas... Diviértanse —concluyó con malicia mientras cerraba de un portazo.

Ya no había sombra de aquel oficial amigable y gentil que solíamos recordar.

En todo caso, era imposible hacer desaparecer aquella siempre enorme montaña de ropa.

Número 3 bromeó con que la cantidad de ropa que había era desproporcionada considerando los pocos que somos en el búnker. ¿De dónde provenía tanta cantidad de ropa sucia si éramos doce personas? Cada uno tenía un par de vestiduras, eso daba un total de ciento veinte piezas, más o menos, sin contar toallas, sábanas y algunas piezas extras, pero de igual forma esa montaña constante no tenía sentido. Sea como fuese aquella, había sido una buena observación de su parte.

—¿Crees que algún día acabaremos con esto? —pregunté aburrido—. No me contestes, fue sarcasmo.

—De hecho, ya que me lo preguntas, es muy posible terminar a tiempo. Hay dos máquinas de lavado y dos de secado, si dividimos todo en cuatro secciones acabaremos quizás un poco antes de que se cierren los dormitorios. Yo me encargo de dividir y lavar y tú de secar y doblar, y ambos empacaremos al terminar.

Por esto me gustaba pasar tiempo con Will. Él siempre encontraba soluciones matemáticamente lógicas y resultaba de mucha ayuda en ciertos escenarios.

Perdí la noción del tiempo, pero si Will estaba en lo correcto y cada lavadora duraba cerca de veinte minutos y el secado otros veinticinco, ya tendríamos cuatro horas y media.

—Último uniforme doblado y empacado —dije exhausto.

—¡Sí! Y aún nos quedan diez minutos para volver a nuestros dormitorios, así que démonos prisa.

—Basta de matemáticas por hoy, Will.

—Ya sabes cómo me tranquiliza pensar en problemas matemáticos y sus respuestas, aunque como consecuencia me generan mucha hambre.

—Sí, ya sé. También estoy hambriento. ¿Crees que Mr. Bigotes estaba exagerando sobre que solo comeríamos dos veces al día o era nada más para asustarnos?

—No lo sé. Aunque me gustaría ser optimista lo cierto es que lo que causamos fue…

Número 3 había dejado de hablar cuando un extraño sonido atrapó nuestra atención. Un sonido como de metales chirriantes provenientes de Alfa 1, del Ala Oscura.

—¿Qué crees que sea? —le pregunté a Will casi en un susurro.

—No lo sé, pero tampoco tengo deseos de averiguarlo, además, ya nos hemos metido en muchos problemas, Número 10. No quiero otro, y tú tampoco —concluyó Will mirándome con seriedad, pero ninguno de los dos se movió de su lugar.

Aunque era cierto lo que mi amigo acababa de decir, algo en mí quería saber qué era ese sonido tan familiar y vago al mismo tiempo.

—No, Dino, ni lo sueñes, no vamos a ir… —seguía diciendo Will con tono asustado mientras me sujetaba del brazo, aunque seguía moviéndose en mi dirección.

Yo, como siempre, le llevé la contraria y le dije que iría solo, que además teníamos tiempo y que no me creía el cuento de que Rodríguez nos dejaría durmiendo en el suelo.

Will me siguió a regañadientes hasta donde la oscuridad era tan densa como el espacio. Silencio total. Solo se podían oír nuestras respiraciones.

Una brisa gélida hizo estremecer mi cuerpo.

Mi amigo seguía tirando de mi camiseta con la esperanza de que yo diera marcha atrás y saliéramos del agujero negro en el que estábamos. Quizás lo habría hecho de no ser porque de la nada un puntito de luz verde se posó en mi estómago. Aquel misterioso punto recorrió todo mi cuerpo y parecía expandirse, casi como un escáner. De pronto, nuestro alrededor se llenó de una especie de niebla y, para completar el escenario, el ruido de ruedas metálicas como las de un tren andando, o más bien moviéndose a nuestro alrededor, se hizo presente para recibir a estos dos extraños visitantes.

A continuación, dos ojos rojo fuego aparecieron entre la niebla, mirándonos fijamente. Apenas comenzaba a dibujarse aquella espectral figura cuando terminó nuestra parálisis momentánea, que pareció durar siglos, y tanto mi amigo como yo echamos a correr, en verdad despavoridos.

—¡No corran! —nos espetó Mr. Bigotes —¿Ahora qué les pasa? Pareciera que hubiesen visto un fantasma.

—¡Ja! —dije sin pensar—. Quizás eran los nervios, todo el mundo sabe que los fantasmas no existen Mr. Big… ejem… —me aclaré la garganta—. Oficial, ¿no que no lo lograríamos a tiempo? Aún tenemos un minuto y medio para volver a nuestras habitaciones, por eso corríamos tan deprisa. No queremos dormir en el suelo.

—Muy bien —dijo Rodríguez—, vayan a dormir. Suficiente por hoy.

Will se metió a su dormitorio, situado en el piso base, y yo subí las escaleras del lado izquierdo.

No sé si Número 3 pudo dormir esa noche, pero yo no paraba de pensar en esa cosa que vimos.

Sucedió exactamente igual que aquella vez cuando era niño, cuando llegué por accidente al Ala Oscura y una luz me escaneó. No recuerdo nada más. Me pregunté por qué no habría luz en esa parte del búnker.

De algo estaba seguro, el búnker no era el lugar que pensábamos y me aseguraría de averiguar qué era aquello que se escondía en el Ala Oscura. Mañana volvería a ese lugar, con o sin Will.

No creo que «despertar» sea la palabra o el término correcto cuando no he dormido en toda la noche pensando en aquello que vi y en el impulso incontrolable de volver al Ala Oscura.

Ese día le conté todo a los chicos, bueno, solo a Número 1 y Número 12. Will también estaba allí, pero no apoyó mis declaraciones, solo repetía «no quiero más problemas». «Gallina en vez de pollito», decía yo mentalmente.

A ninguno pareció impresionarle o impacientarle lo que les acababa de contar, e incluso los gemelos silenciosos, que casi nunca hablaban, sintieron la gran necesidad de reírse a pesar de no haber sido invitados a escucharme. Yo estaba rojo de ira.

—Escúchenme bien —dijo Número 12 amenazándonos con el dedo—, por culpa de ustedes dos nos dan menos comida, y si siguen así yo mismo me comeré sus porciones hasta que mueran de hambre.

—Will, cuéntales lo que vimos, diles que no miento —rogué esperando a que Will se armara de valor—. Will...

—Bien —resopló—. No sé qué fue lo que vimos, pero sea lo que sea que haya allí no es normal, al menos nada que yo haya visto o escuchado antes.

—Ya fue suficiente —sentenció Número 12—. Les advierto, no se metan en más líos o les prometo que los castigos de Rodríguez parecerán cumplidos delante de los míos ¿Quedó claro?

Tras la discusión, Will y yo nos dirigimos al área común a jugar Scrabble; siempre era un buen pasatiempo.

—¿Por qué mentiste? —le pregunté.

—Yo solo dije que no sé qué fue eso que vimos, y tú tampoco lo sabes, Número 10.

Los días siguientes transcurrieron con normalidad. La misma rutina. Despertar, desayunar, limpiar, lavar la ropa y los trastes de la cocina, descansar, jugar al Scrabble o a la pelota con Número 3 y Número 12, escuchar el cotilleo de los ancianos… y aunque visité cada noche el Ala Oscura nada ocurrió, solo había en ella silencio y tinieblas.

La verdad no sé cuántas veces visité el mismo lugar, quizás dos semanas o tres, pero nada inusual sucedió en ese tiempo.

Me cuestioné la posibilidad de haber alucinado aquello, pero en todo caso Will también lo habría hecho. A menos que nos hubiésemos drogado con el olor de los detergentes de la lavandería nada de esto tendría sentido alguno, y no me iba a arriesgar a preguntarle a nadie más, mucho menos al oficial Rodríguez, ya que se suponía que nadie merodeaba por esos rincones del complejo.

—Oye, Número 10, ¿qué crees que sea esto? —me preguntó Will, enseñándome una camiseta con agujeros.

Desde luego que una camiseta vieja y desgastada con agujeros no es algo inusual. Lo extraño era que los agujeros eran exactamente simétricos e iguales. Era como si fueran producto de una quemadura debido a su color marrón en los bordes.

Alcé y bajé los hombros en señal de desconocimiento y decidí no darle más importancia. De todas maneras, no era asunto nuestro investigar qué le sucede a la ropa, solo debíamos clasificar, lavar, secar, doblar y empacar. Cuando terminamos, nos pusimos en marcha para ir a los dormitorios, pero de pronto un sonido familiar llamó nuestra atención.

Sí, yo ya me había rendido con aquel tema, pero el destino es caprichoso y nos atraía de nuevo a aquel oscuro pasillo.

—No, no, no, no… ¡Ya basta, Número 10! ¡No otra vez! —chilló Will.

—Piénsalo, Número 3, esa cosa está allí por alguna razón. No me digas que no te da curiosidad.

—No tengo curiosidad por saber qué se siente morir.

—Nadie va a morir —dije arrastrando las palabras.

Will y yo echamos a andar por el largo pasillo hasta donde la luz ya no alcanza para toparnos con la pesada reja de barrotes metálicos.

Dejamos escapar un suspiro, pero durante un par de minutos nada ocurrió.

—Bueno, creo que no ha sido nada. ¿Podemos irnos ya? —dijo Will con miedo.

—No, espera. Algo no anda bien —repuse confundido.

—¡Exacto! Lo que no está bien es que estemos aquí.

De pronto una luz verde se posó en mi estómago, igual que la última vez. La niebla comenzó a emanar de quien sabe dónde. La lucecita recorrió mi cuerpo de arriba abajo y acto seguido una opaca luz, quizás muy difuminada por la niebla, se encendió, dejando a la vista a aquella cosa humana o no.

Will seguía sujetando mi brazo con fuerza. Claro que yo también tenía algo de miedo, pero mi curiosidad era más grande.

—Dino, Dino, vámonos…

—No, no, Will, espera. Mira, ya casi se ha abierto por completo.

Acto seguido aparecieron en escena aquellos dos ojos rojos centelleantes y Número 3 y yo logramos divisar por completo a aquella figura acorazada.

Ahogamos nuestro peor grito de espanto y luego echamos a correr.

—¿Qué era esa cosa? —pregunté en medio de jadeos.

Mis pulmones estaban adoloridos y ardían por la falta de aire, pero mi mente no dejaba escapar aquella imagen. Sentía como si esa cosa nos estuviera esperando, o quizás solo me estaba esperando a mí.

—No inventes, Número 10. Ya no volveremos a este lugar y tienes que jurarlo. Además, si Mr. Bigotes nos descubre…

De pronto ambos pegamos un grito al sentir que una pesada mano nos tomaba por la nuca.

—¡Por todos los virus! ¿A ustedes qué les sucede? Casi me matan de un susto —vociferó Mr. Bigotes—. Y bien… ¿Qué es eso que tengo que descubrir?

—Nada, que lo sentimos mucho por su bigote —dijo Will, quizás sin pensar.

—Lo que Número 3 quiso decir es que hemos descubierto que ninguno de nosotros tendremos un bigote como el suyo —respondí al instante, preso del pánico.

—Mi bigote no tiene nada de malo. Ahora lár… guen… se —dijo pausadamente, pero esta vez con un poco de malicia—. Fuera de mi vista.

Aquella noche quise dormir, pero se me hizo imposible, así que tomé papel y lápiz y comencé a recrear todo lo que mis ojos habían visto.

Aunque no me creyeran, tenía que contárselo a Pee y a Miguel, o mejor aún, los llevaría al Ala Oscura y así no podrían negar que ocultaban algo en el búnker, algo que se suponía que no debíamos encontrar ni por equivocación.

Apenas escuché el inconfundible crac clic del seguro de la puerta al ser desbloqueada, me levanté a toda prisa para contarle a Número 12, por muy escéptico que fuese.

—¡Número 12! —grité con energía desde las escaleras del piso superior—. ¡Buen día! Espero que hayan podido dormir, porque yo no pude. Tenemos que hablar. De hecho, tengo que contarles algo.

—Sea lo que sea, ¿no puede esperar hasta el mediodía, o quizás nunca? Son las seis de la mañana, Número 10 —dijo Número 12.

—No, no puede esperar —repuse, esta vez en tono bajito.

Número 1 también había escuchado y repetía en un típico acento asiático «tenemos que hablar, tenemos que hablar».

—Tú también, Número 1 —le respondí mirándolo con cara de pocos amigos—. Vengan —dije encerrándolos en un cerco con mis brazos—, tomemos el desayuno y subamos a mi habitación.

Quedamos apretujados como sardinas enlatadas. Yo me quedé de pie junto a la puerta. Pee se subió al respaldo metálico que usábamos como mesa, Will se sentó en la sillita de plástico y Miguel se postró en mi cama.

—Yo solo espero que tu demencia no sea contagiosa, Número 10. ¿Qué son todos estos garabatos? —cuestionó Número 12.

—¡Sí! ¿Cuál es la urgencia? —preguntó Número 1.

—Chicos —exclamó Will, dejando escapar un suspiro—, mejor escuchen lo que Dino tiene que decir. Todo es cierto, yo estuve allí.

—Gracias —dije extrañado al ver que mi amigo me apoyaba.

Les conté con pelos y señales lo que Will y yo habíamos experimentado dos veces, e incluso les di mi versión de cuando estaba más pequeño, solo que esta última vez vimos a cuerpo completo a aquella figura con ojos color rojo fuego.

Les expliqué que traté de dibujarlo parte por parte para calcular cuán grande era. Quizás del tamaño de alguno de nosotros, más o menos.

—Entonces, tu sugerencia es que ese humanoide está esperando a que nosotros lo liberemos —razonó Número 12.

—El Ala Oscura no es más que una parte del búnker en desuso, y con respecto al humanoide, si mi suposición es correcta, esa máquina no tiene fuente de energía. Si aquella cosa fuese humana ya estaría muerta por falta de agua y alimento. Así que estas hipótesis son poco probables— concluyó Número 1.

—Sea lo que sea que se encuentre allí, debe tener mucho tiempo encerrado, así que…

—Oh, oh… ¡No! ¡De ninguna manera, Dino! —dijo Número 3; era de esperarse una reacción así por parte de Will.

—No lo entiendo —intervino Número 12.

—Lógicamente, Dino nos está sugiriendo ir todos juntos al Ala Oscura e intentar liberar lo que sea que se encuentra ahí encerrado —finalizó Número 3.

—Buen plan, genio. Y luego que eso quede libre ¿qué harás? —preguntó Número 12 golpeando mi cabeza con su pesada y regordeta mano.

Debo admitir que no había pensado eso, ni tan siquiera lo había considerado. A mí siempre se me ocurren las cosas conforme avanzan las situaciones.

—Escúchenme, no fue casualidad llegar allí y no sé cómo lo sé, solo lo sé. Confíen en mí.

Podíamos hacerlo esa noche. Escabullirse hasta allá no era complicado. Lo difícil era hacer que nos coordinásemos al mismo tiempo para coincidir en el plan sin levantar sospechas y que no se notase nuestra ausencia. Número 12 nunca daba explicaciones sobre nada y siempre tenía una buena coartada. Número 1 terminaba sus deberes muy rápido y se iba a su habitación a dormir, así que esa era una buena excusa también. En cuanto a Número 3 y a mí, estaríamos en la lavandería para ese entonces y nos saltaríamos la cena, aprovechando ese tiempo para adelantar todo el trabajo que ya teníamos.

Las nueve y media de la noche era la hora acordada, y el lugar de partida sería el invernadero. Desde allí caminaríamos hasta el bajante, donde uno por uno nos deslizaríamos para aterrizar en la montaña de ropa, que esta vez estaría limpia. Sería como caer en una suave almohada. Saldríamos luego por la puerta de servicio y caminaríamos por el pasillo contiguo hasta llegar a Alfa 1, en donde se encontraba el Ala Oscura.

Emprendimos marcha en silencio total, como un grupo de fugitivos. Al llegar al bajante nos fuimos metiendo uno por uno. Mientras caían escuchaba el seco puf que hacía cada quien al aterrizar.

Salimos de la lavandería y caminamos unos seis o diez minutos hasta nuestro destino, donde nos topamos con el portón de barrotes que nos dividía del objetivo que nos habíamos propuesto.

Yo iba adelante guiando la expedición, puesto que nadie había venido antes. Técnicamente no estábamos quebrantando las reglas, no estaba prohibido venir a este lugar, pero como siempre estuvo solo y oscuro y un portón impedía el paso no había razón para visitar esta parte del búnker. Ahora veríamos la verdadera razón por la cual esta área estaba abandonada o al menos eso era lo que nos hicieron pensar.

La oscuridad nos había consumido por completo, y los minutos mataban el tiempo en un baile de agonía que parecía interminable mientras esperábamos en silencio que ocurriera un milagro.

«Vamos, ¿qué pasa? No me dejes mal», decía para mis adentros. Pero nada parecía ocurrir.

—Bueno… qué bonita excursión, pero les advertí que sería una pérdida de tiempo —dijo bostezando Número 12.

Giré sobre mis talones y advertí que Miguel y Pee se marchaban, al mismo tiempo que la desesperanza se apoderaba de mí. Justo allí, a punto de rendirme, ocurrió lo que tanto esperaba.

La niebla comenzó a emanar, caliente y fría al mismo tiempo, y el sonido del portón metálico se hizo presente. La lucecita verde apuntó a mi estómago y me recorrió como si nos conociéramos de antaño. Giré mi cabeza lentamente y noté que los chicos aún seguían conmigo, o mejor dicho, varios pasos detrás de mí, cuando se dieron cuenta al igual que yo que aquella figura imponente nos estaba esperando, observándonos con sus flameantes ojos rojos.

Después de haber presenciado todo aquel espectáculo, Número 12 nos hizo jurar no divulgar nada de lo ocurrido aquella noche, mucho menos en presencia de Mr. Bigotes, pues el oficial Rodríguez, por muy buena onda que fuese, podría estar ocultando lo que sucede o bien ignorarlo todo.

Habíamos quedado, como de costumbre, en vernos en la biblioteca a la hora de descanso; pretendíamos usar esa excusa como una coartada para poder escabullirnos e ir de nuevo al Ala Oscura, pero esta vez contaríamos con un verdadero plan.

Cuando el momento llegó, el último en aparecerse en la biblioteca fue Número 1 ya que, como se imaginarán, se había quedado dormido.

Número 12 nos esperaba con un cargamento de folletos, libros y recortes de varios años atrás que hablaba sobre la «proyecto búnker» y todo lo relacionado con el virus antes de convertirse en omega.

La biblioteca tenía una sección especial donde solo se archivaban diarios y recortes de noticias, específicamente todo lo relacionado con el virus que arruinó al planeta entero. El día en que Nueva York cambió por completo. El día en que sus calles y viviendas quedaron vacías y las personas fueron traídas a los búnkeres.

Aquella jornada transcurrió muy rápido. Los momentos de descanso se volvieron ocupados. Cada uno de nosotros hacía su respectiva investigación, leíamos y tomábamos notas hasta quedar exhaustos.

Los días siguientes no fueron muy distintos y ya mi mente se sentía cansada. Desayunaba noticias, almorzaba periódicos y cenaba preguntas sin respuestas.

Una tarde, luego de dos semanas de ardua investigación, me junté con Número 3 para tomar la cena en el área común. Aún nos quedaban algunos periódicos de los años comprendidos entre 2008 y 2026. De hecho, le conté a Will que las paredes de mi habitación ya no eran blancas, pues estaban cubiertas con mapas de la ciudad y recortes de noticias pegadas con cinta.

En todo caso, ni Will ni los chicos ni yo frecuentábamos ya el área en común o la cancha de tenis. No hacíamos otra cosa que nuestros deberes en calma y completo silencio, un silencio que al principio no era evidente pero que luego todo el mundo pareció notar.

—¿Qué se traman ustedes dos? —nos gritó Mr. Bigotes a Will y a mí desde su asiento detrás de su escritorio. No le contestamos de vuelta, pero no quitamos nuestras miradas de su prominente bigote negro—.Ya hasta parece que aprendieron la lección y no andan brincoteando y causando desastres por donde sea que pasen.

Número 3 y yo asentimos y volvimos a lo nuestro, mientras Mr. Bigotes siguió masticando lo que sea que siempre masticaba, haciendo mover su bigote como una brocha.

—Will, mira esto —dije señalando un artículo—. Es extraño.

La publicación decía lo siguiente: «El alcalde de la ciudad ha enviado escuadrones especiales a patrullar las zonas en azul en busca de sobrevivientes para ser reubicados en algunos de los refugios supervisados. Los trajes especiales han sido diseñados con la más alta tecnología y se espera con éxito su reproducción financiada por los gobiernos ruso, chino y estadounidense».

—¿Qué es lo que te parece raro? —preguntó Número 3.

—Lee debajo del articulo y vuelve a ver bien la imagen del periódico —dije señalando la fotografía a blanco y negro—. Se parece a... a esa cosa que encontramos en Alfa 1.

—Es cierto. ¿Estas sugiriendo que eso es lo que ocultan en el Ala Oscura?

—Un traje especial... un traje de protección —dije con tono entusiasta—. Así es como se llevan a todos de aquí —afirmé sin un pelo de duda.

En realidad, era solo una suposición, pero en mi mente tenía todo el sentido del mundo. Claro que esta hipótesis la discutiría con el resto de los chicos en nuestra siguiente reunión.

—¡Hey, Rodríguez! —dije a viva voz. Se volteó a mirarnos y le hice una seña para que se acercara, lo que hizo sin dudar.

—Ya extrañaba oírlos hablar. ¿Qué quieren?

—¿Nos podría contar un poco de aquellos días? —le rogué señalándole el artículo. El oficial acercó el periódico a su nariz y leyó para sí entre dientes.

—En particular, no estuve allí presente —reflexionó con cara pálida y confundida—. Siempre trabajé en los búnkeres, pero mi hermano... —Mr. Bigotes dejó salir un suspiro desalentador. Podría jurar que aquella exhalación estuvo encerrada en su pecho por varios años—. Mi único hermano servía para un servicio especial de rescate y al final ni los dichosos escuadrones protegidos bajo esos trajes pudieron salvarse del virus. Todos están muertos, incluyéndolo a él. ¿Por qué la pregunta?

—Simple curiosidad académica —sostuvo Will.

—Sí. Idea de Número 12. Le encanta que estudiemos fechas y acontecimientos relevantes —dije con una sonrisa fingida—. Por casualidad, ¿sabe dónde terminó todo ese armamento, incluyendo los trajes?

—Son solo rumores, pero se dice que los prototipos fueron descartados y desmantelados, y como sus fabricantes murieron se fueron con ellos su investigación y sus inversionistas —concluyó el oficial alejándose de nuestra mesa para postrarse de vuelta en su asiento habitual.

Aunque al igual que Número 3 me sentía lleno de dudas, si de algo estaba seguro era de que Mr. Bigotes sabía más de lo que nos dijo, y no había duda de que allí abajo había uno de esos trajes, o al menos un prototipo.

Teníamos, además, un mapa de la ciudad en aquellos días y las señalizaciones de otros posibles puntos de refugiados. ¿Y si hay más personas con vida en otros búnkeres? ¿Y si nuestros padres seguían con vida? Aquella idea despertó aún más mis ganas de escapar y salir de este agujero literalmente subterráneo.

Mi padre era ingeniero en telecomunicaciones. Era todo lo que sabía de él y su trabajo. Mi madre no hablaba mucho al respecto, pero siempre me decía «te pareces a tu padre» cada vez que miraba mis ojos.

El día siguiente no fue tan diferente, a excepción de que Mr. Bigotes dobló nuestras habituales obligaciones y no hubo espacio alguno para reunirse con los demás.

Una vez que terminé fui corriendo al invernadero, pero Número 12 trabajaba con Número 5 (uno de los prefectos) y este me miró de mala gana, así que me di la vuelta y me alejé.

Me dirigía a la cancha de tenis y vi allí a Número 3 jugando con Número 1, pero con él se encontraban los gemelos. Tampoco se podía comentar nada.

Entonces me dirigí a la biblioteca. Atravesé el área común y vi a los ancianos jugando a los naipes. Número 51 y Número 9 hablaban con Número 28 y Número 15, quienes se encargaban de cuidar la bóveda.

Para mi suerte, la biblioteca estaba vacía, muy callada. Atravesé la entrada y caminé hacia el fondo, giré a mano izquierda y seguí hasta el último pasillo, donde se encontraba la hemeroteca, para devolver todo lo que ya no necesitaba.

De pronto escuché el sonido de una puerta al cerrarse.

Era la voz del oficial Rodríguez la que resonaba, pero no estaba solo. Mientras tanto, me agazapé y me quedé escondido en silencio entre los estantes repletos de libros y periódicos, orando por no ser descubierto.

—Claro —respondió el otro individuo mientras le entregaba un paquete de color marrón a Mr. Bigotes—. No dejes que se salga de control este lugar o estaremos muertos, y no precisamente por el virus.

Algo más que tendría para contarles a los chicos, pero ¿cómo podría hacerlo? Rodríguez ya nos había dividido al asignarnos el doble de deberes.

Aquella noche tampoco pude pegar un ojo. Me dediqué a redactar tres cartas con el mismo contenido, una para cada uno de los chicos explicándoles a detalle todo lo que vi y escuché. La mejor hora para hacerles llegar mi mensaje sería en el desayuno cuando todos estarían somnolientos y despistados, incluyendo a Mr. Bigotes.

Desperté con un sobresalto. No me lavé ni los dientes ni la cara. Apenas se desbloqueó la puerta bajé a todo galope. Me formé detrás de Número 12 y cuando sintió mi saludo metí la carta en su bolsillo trasero.

Le di otra carta perfectamente doblada a Will al saludarlo con un abrazo, aprovechando de esconderla en su chaleco. Número 1 se dio cuenta y me preguntó si quería su desayuno. Al acercarme su plato coloqué la carta de modo que la cubriese con la palma de la mano abierta.

«Perfecto», pensé. Nadie vio o sospechó nada. Todos volvimos a los dormitorios por las siguientes dos horas y media, hasta las ocho con treinta.

Una vez abierta la puerta bajé a todo dar y me topé con Número 12 y Número 1 en el área común, sin embargo, Will no apareció. Tampoco estaba en su habitación. Me pregunté dónde podría estar. Mi corazón comenzó a latir muy rápido. Mi amigo no solía desaparecer así porque sí.

Apenas pude intercambiar palabras con los chicos cuando Mr. Bigotes nos interrumpió.

—¿Qué les he dicho sobre murmurar en los pasillos? —nos preguntó—. Creo que tienen mucho que hacer.

En realidad no había oficios pendientes, pero ya no podíamos reunirnos como antes en castigo por el incidente en el invernadero.

El oficial Rodríguez nos estaba separando y se los había advertido en las cartas. Era momento de hacer algo y solo en cuestión de días, o quizás horas, o días.

Al menos los chicos ya estaban sobre aviso, pero en esa misma semana, el sábado para ser exactos, ya no volveríamos a ver a los números 5 y 51. Otra incógnita ¿a dónde los llevarían?

Aquella semana tampoco pude dormir bien. Era la madrugada del martes cuando escuché desbloquearse la puerta, y entonces lo entendí: así era como desaparecía alguien sin que nos diésemos cuenta, cuando todos dormíamos. Observé por las delgadas ranuras de la puerta a los números 5 y 51 acompañados por dos sujetos de uniforme negro que caminaban con premura hasta que pronto los perdí de vista.

No vi a los chicos antes de la hora del almuerzo. No fui a desayunar. Por fin me había quedado dormido.

Haciendo uso del altavoz, el oficial Rodríguez nos informó que nos reuniéramos en la sala de usos múltiples, ya que tenía un comunicado que hacer, aunque yo ya me lo imaginaba.

—Esta mañana dos de sus compañeros se han ido a una misión fuera de esta fortaleza. Les pido un minuto de silencio por respeto. Es un gran honor servir a la causa de salvar al resto de la humanidad, donde sea que vivan, y oremos para que un día termine esta terrible enfermedad. Debido a este acontecimiento me he quedado sin prefectos. Como es la costumbre, debo asignar a dos delegados de nuevo; fuertes, leales y comprometidos con esta causa —o más bien a dos títeres para lanzar a los leones en el momento adecuado, pensé con frustración—. Números 28 y 12, vengan. Ustedes serán los nuevos prefectos.

Número 28 se acercó al oficial, quien le colocó una placa metálica en el uniforme amarillo.

Haré una pausa en la historia para recalcar que Número 28 era un chico bastante callado y reservado; aunque no recuerdo que se hubiera metido conmigo alguna vez era alguien que caía bastante pesado. No hablo solo de su personalidad, Número 28 era en verdad pesado, gordo y lento.

En aquel momento se le veía orgulloso y esponjado, mientras que Número 12, en cambio, ni siquiera se movió de su silla, así como tampoco mostró algún interés en lo que acababa de ocurrir.

—Número 12, ven a tomar tu lugar como prefecto —dijo Mr. Bigotes apretando la mandíbula. Su cara ya estaba roja y su bigote a medio caer.

Miguel se levantó y caminó en dirección al oficial; por un instante una chispa de orgullo y malicia brillo en los ojos de Rodríguez.

—No —dijo Miguel, inexpresivo—. No necesito una placa para saber lo que está bien o mal. Si hay alguien que ha vigilado a estos chicos y a estos pasillos he sido yo, y como yo respeto a todos, todos me respetan a mí, así que mi respuesta es no. No acepto esa placa. Puedes nombrar a otro títere, Rodríguez, yo sé cuál es mi lugar.

El oficial tragó seco, mientras todos veíamos a Miguel alejarse. Mr. Bigotes, con la cara descuadrada por la rabia, estranguló su ira nombrando a Número 9 como su otro prefecto y al resto nos envió fuera de la sala.

Los chicos y yo sabíamos que debíamos reunirnos de inmediato con Número 12, así que nos fuimos a la cancha.

Para nosotros también fue una sorpresa que Miguel se rebelara de tal forma ante el oficial, ya que nadie lo había desafiado antes. Sé que tanto los chicos como yo celebramos la valentía con la que Número 12 nos había defendido y que no hubiera cedido ante el régimen.

No teníamos ni diez minutos en la cancha cuando fuimos interrumpidos por el nuevo prefecto, o sea, Número 28.

—Nuevas órdenes de Rodríguez. Solo se permitirán dos personas en la cancha con un máximo de tiempo de una hora.

—¿Y desde cuándo la maldita orden? —repuso Número 12 en el mismo tono con el que habló Número 28.

—Desde que yo estoy a cargo —replicó el prefecto acercándose peligrosamente a Miguel.

—Te recuerdo que esa placa no intimida a nadie, Joseph, y te recuerdo también que yo te hice ser respetado y puedo quitarte ese puesto. Aquí no hay nadie a quien impresionar, amigo mío. ¡Ah! —prosiguió Miguel con una sonrisa burlona que cambió con rapidez a una seriedad escalofriante—, si me sigues hablando en ese tono te juro que...

—¿Qué? —dijo Número 28 sin una pizca de miedo—. No te ganes una expulsión, Número 12. No te equivoques conmigo, yo no soy Rodríguez. Ahora largo de mi vista.

Ambos se miraron fijamente echando fuego por los ojos. Sé que Miguel habría puesto en su lugar a Número 28 de haber querido, pero este fue más inteligente. Si se ganaba un boleto a detención, aislamiento o una expulsión, todo nuestro plan se vendría abajo y nosotros estaríamos desprotegidos.

—Muy bien —dijo Número 12 claro y fuerte para que nosotros lo oyéramos, nos miró y luego regresó la vista a Número 28—. Chicos, ya oyeron al nuevo prefecto. Recuerden que estudiaremos historia y matemáticas en una hora.

Rompimos filas en caminos separados para no generar más tensión o levantar sospechas. Sin embargo, corrí a mi dormitorio en busca de mis anotaciones, los recortes de periódico y los mapas de la ciudad que encontré.

El complejo se sentía tan solo y callado como de costumbre a excepción de los gemelos, de quienes escuchaba sus respiraciones agitadas por el exceso de ejercicios que hacían todo el día.

Tomé todo lo que necesitaba y me dirigí a la biblioteca con la esperanza de que los chicos hubieran encontrado algo alentador.

Todos se encontraban allí para cuando yo llegué. Debíamos darnos prisa, no teníamos mucho tiempo.

—Hagamos esto lo más rápido que podamos —dijo Número 12 en voz baja—. Les recuerdo que nada de lo que hablemos saldrá de aquí. Las paredes tienen oídos hoy en día.

Número 1, quien parecía estar bostezando, levantó la mano pidiendo permiso para hablar primero y comenzó sin dar chance de nada.

—Básicamente encontré lo que conocemos ya. El «proyecto búnker» inició aquí en la ciudad de Nueva York en 2028, pero no fue sino hasta dos años después que entró en funcionamiento, lo cual es bastante raro debido al nivel de energía mundial, además con la premura de todo lo que se venía. El búnker tendría la capacidad de albergar a más de diez mil personas, y bueno, son solo especulaciones, pero el Gobierno solo enviaría a los búnkeres a personas selectas: médicos, científicos, químicos, matemáticos, ingenieros y personalidades políticas ¿Les suena como una conspiración? ¿Un autosabotaje? Quizás son solo coincidencias, pero lo más extraño del asunto es que me puse a investigar los nombres de algunos involucrados en la construcción del búnker y del sistema electrónico de la fortaleza y miren —nos dijo señalando lo que parecía ser una copia de un registro.

Había muchos nombres, pero solo uno robó toda nuestra atención: Dino Escudero, mi padre.

—¡Claro! Por eso desaparecieron a mis padres. Rodríguez lo sabe y hará lo mismo conmigo y... —comenzó a faltarme el aire. Mi respiración era irregular y estaba alterado.

—No saquemos conclusiones aún, cálmate, Número 10. Y gracias por tu aporte, Número 1 —dijo Miguel con tono firme—. Es tu turno, Número 3.

—Yo analicé los reportes médicos y los números de infectados y muertes durante la etapa temprana del virus, luego cuando mutó a su fase omega. La cantidad que debía ser salvada no concuerda con la poca vida humana que se albergó en los búnkeres. Es evidente, a nuestros gobernantes la situación no solo les afectó el bolsillo, también la parte humana y la sensibilidad. Me refiero a que parece que el virus se les salió de las manos y no pudieron controlar el desastre creado por ellos mismos. Además...

En ese momento Número 9 nos interrumpió con estrépito.

—Les recuerdo que solo les quedan veinticinco minutos y no podrán volver a la biblioteca hasta pasado mañana.

—¿De qué hablas? Venimos aquí a diario.

—Lo siento, Número 12. Son las nuevas reglas de Rodríguez.

—Asquerosa rata bigotuda —repuse con brusquedad.

—Será mejor que cuides tu lenguaje, Número 10 —me replicó el prefecto alejándose de la sala con dirección al pasillo.

—Tu turno, Número 10 —me indicó Miguel.

Número 12 no me había asignado una tarea en específico, pero yo hice mis propias investigaciones. Además de contarles todo lo que había oído de boca de Rodríguez, les enseñé los posibles puntos de evacuación, así como los lugares en donde (si contamos con la suerte de salir con vida de este lugar) pudiéramos encontrar otros búnkeres.

Nos sorprendimos mucho cuando Número 12 nos confesó que había fraguado todo aquel numerito con el prefecto en el área común, lo que significaba que Joseph estaba enteradísimo de nuestro plan y que sería cuestión de días para ganarse por completo la confianza de Mr. Bigotes. Al momento que Número 28 tuviese la oportunidad de robarse los planos del Complejo Alfa 1 nos los haría llegar.

Sé que todo sonaba emocionante, pero yo seguía teniendo mis dudas sobre confiar algo tan importante en el pesado de Joseph, pero si Número 12 había sido capaz de contarle todo, entonces o yo soy paranoico, o es mi desesperación por salir de este lugar, pero temía que Número 12 hubiera cometido el peor error de su vida.

Salimos de la biblioteca callada y ordenadamente. Will y yo nos dirigimos a la lavandería y los demás a cumplir con sus responsabilidades del día.

Había quedado junto a Número 3 en que pasaríamos de la hora de la cena y tomaríamos nuestras botanas dentro de la lavandería para ganar algo de tiempo.

Horas después, cansados y hambrientos, nos dimos cuenta de que habíamos terminado con la pila de ropa mucho antes de lo previsto, así que al salir de la habitación seguimos por el camino largo para pasar por el pasillo que lleva al Ala Oscura. Número 3 me siguió con desgano, esta vez no por miedo sino más bien por desánimo. Como de costumbre, esto fue una mala idea o una increíble casualidad, pues siempre nos encontrarnos en los lugares incorrectos en los momentos adecuados.

Casi nos topamos con las narices de Rodríguez, o debo decir, con su horrendo bigote. Halé a Will con fuerza en dirección a la oscuridad. Como éramos pequeños, fue fácil hallar refugio en las sombras.

Al final del pasillo escuchamos a Rodríguez hablando con el mismo hombre de la última vez, y en esta ocasión su tono era amenazante y casi irritado.

Will y yo estábamos a punto de ser descubiertos, o más bien, a punto de descubrir algo más.

—No entiendo cuál es tu preocupación. Ya está casi todo listo —decía el oficial—. Para este fin de semana el traje estará completamente cargado y funcional, aunque bueno… Ese traje jamás se usó antes.

—Perfecto. ¿Y qué hay del pago?

—¿Qué te puedo decir? El señor Sho tiene lo acordado.

Will y yo estábamos perplejos. El padre de Pee, es decir, Número 1. O sea que todos estuvieron o estaban involucrados de alguna forma. Yo tenía una mezcla de miedo, confusión y repulsión. Creí que me vomitaría encima.

Debíamos volver a reunirnos pronto. Solo teníamos una semana o se llevarían los trajes y entonces sí que moriríamos de hambre bajo tierra.

Cuando el oficial Rodríguez se despidió de aquel hombre, salimos de las sombras agradecidos porque la luz no se activó esa vez. Un poco extraño, a mi parecer. Sabíamos a ciencia cierta que aquello se trataba de un traje especial capaz de soportar las condiciones del exterior.

Número 3 y yo volvimos a nuestras habitaciones, cansados y hambrientos pero llenos de valiosa información que teníamos que compartir de inmediato con los demás. Teníamos solo una semana antes del asalto de los trajes.

Estaba a punto de quedarme dormido, pero volvía a abrir los ojos casi involuntariamente. Eso era. Una idea.

Me levanté, encendí mi lámpara y tomé papel y lápiz. Debía escribir tres cartas más en las que les diría a mis amigos que nos veríamos en el pasillo del bajante después del almuerzo, que es cuando todos depositan su ropa para ser lavada. Era la única oportunidad de reunirnos sin ser supervisados o levantar alguna sospecha de que algo raro pasaba, al menos por un par de minutos.

Abrí los ojos con el sonido de la puerta al desbloquearse. Me lavé la cara y los dientes, tomé las cartas y las doblé muy bien para que no se notaran.

Apenas bajé las escaleras vi a los chicos somnolientos y despeinados. Aquí las camillas de dormir no son muy cómodas, pero con el paso del tiempo lo olvidas y tu cuerpo se acostumbra. En todo caso, me estoy desviando de la historia, así que continuemos.

Le dije «hola» a Número 3 con nuestro habitual saludo de manos y le dejé una de las cartas en su palma. Me acerqué luego a Número 1 e hice como si golpearía su cabeza casi sin pelo, mientras le metí por debajo de su camiseta el trozo de papel. En cuanto a Número 12, él mismo tomó el papel de mis manos y lo metió en su bolsillo, ese había sido su modo más sutil de no ser descubierto.

Luego del desayuno fuimos corriendo a limpiar la sala común, barrer y trapear como lo habían hecho los ancianos durante tanto tiempo. El lugar siempre se veía tan limpio, no solo por ser una regla, era imperativo para protegernos de cualquier virus o infección, y así lo hacíamos varias veces al día.

—¿Quieres jugar al balonmano? —preguntó Will.

—Obvio que quiero, sino por qué otra razón estaría aquí.

Pasamos un buen rato golpeando su pelota de goma, la misma que había causado el desastre que nos llevó a encontrar el misterioso traje. Al menos así pudimos hablar por lo bajo mientras jugábamos.

—¿Crees que… —dijo jadeante— podamos… reunirnos? —finalizó Will mientras se le escapaba la bola que trataba de atrapar.

—No lo sé —respondí con dificultad mientras corría de una esquina a otra—. Pero vale la pena intentarlo —concluí, golpeando la bola—. La verdad no creo que Rodríguez esté enterado de lo que ocurre a su alrededor y, en lo que a mí concierne, no me gusta la participación de Número 28 en todo esto.

—Miguel confía en Joseph.

—Sí, pero Número 12 no lo tiene todo claro, no importa si es el mayor. Número 28 nunca nos ha tolerado y ni siquiera nos trata, así que no veo el motivo o el interés de acercarse ahora a nosotros.

—Les he dicho antes que aquí se viene a jugar y no a hablar —nos gritó el prefecto Número 9—. Solo les quedan diez minutos.

Hicimos caso omiso a sus comentarios, de todas formas, ya nos íbamos a las duchas. Los gemelos seguían entrenando, como si les hiciera falta. Rodríguez seguía masticando quién sabe qué cosa, sentado en su silla de rueditas, y los prefectos caminaban de arriba hacia abajo. Los ancianos hablaban y jugaban barajas y otros pocos veían la tele (los mismos programas repetidos de antaño).

Will entró a su habitación y yo subí a la mía a buscar ropa limpia y una toalla. Quería tomar la ducha más caliente y relajante del mundo, pero no se pudo.

—¡Por todos los virus! ¿Tu agua esta tan helada como la mía, Will?

—S-sí… —dijo Will mientras castañeteaba los dientes

—¿Qué crees que ocurre ahora? —le pregunté a Will, pero la voz que me respondió fue la de Número 28.

—Sucede que la calefacción también será regulada. Solo entre las cuatro y las seis de la tarde habrá agua caliente —finalizó riéndose mientras se alejaba, lo pude notar por la sombra sus tobillos regordetes.

En serio, Número 28 era despreciable. No sé cómo Miguel lo soportaba o que veía en él. Se conocían de antaño, Número 12 lo defendió de otros bravucones durante su niñez, pero eso no le quita lo insolente. En todo caso, Número 28 era mayor que Número 12 pero no tenía ni una pizca de inteligencia.

Quizás te estarás imaginando lo que sigue, pero te lo voy a contar de todas formas. Estas crónicas no solo contienen los momentos en los que sentí más miedo en mi vida sino también felicidad, llanto y risas. Las pequeñas batallas que ganamos día a día se convertirán en las luchas que serán recordadas en el futuro.

Las siguientes jornadas eran cruciales. El sábado sería el asalto y no sabíamos cómo o a qué hora sucedería, pero estaba seguro de que los protagonistas serían aquel hombre desconocido y el oficial Rodríguez.

Era viernes por la mañana. Adivinen quién no pudo dormir. En mí ocurre que mientras más se acerca el momento de hacer algo, más ansioso y nervioso me pongo.

Se respiraba tensión en el aire. Los gemelos no estaban en su zona habitual de ejercicios. Miguel seguía esquivando oportunidades para reunirnos; quizás todo era parte de su plan. Rodríguez seguía vigilante y malicioso, sobre todo porque sospechaba que yo sabía de más, y era cierto, sabía cosas que no debía, o quizás sí. En todo caso, él no lo hubiese querido. Will seguía a mi lado como una sombra, pero tampoco podíamos actuar en solitario. Ya no sabía si confiar del todo en el juicio de Miguel al haber confiado algo tan importante a Número 28.

—Muy bien —dijo Número 12 en voz baja mientras caminábamos desde la cancha, Miguel y Pee en dirección al área común y Will y yo a la lavandería—. Nos reuniremos en la biblioteca en nuestra media hora de receso de la cena.

—¿O sea que nos la saltaremos? —cuestionó Número 3 muy preocupado.

—Tranquilo, Will. Sí vamos a comer. Número 12 solo se refería a que nuestra coartada será que todos estaremos comiendo en diferentes lugares sin descuidar los deberes que Rodríguez nos impuso.

Yo seguía teniendo dudas con respecto al programa a seguir, más aún cuando solo tendríamos media hora para planear todo con la precisión necesaria para no morir a mitad de camino.

Will y yo estábamos más cerca de la biblioteca, así que fuimos los primeros en llegar. Un minuto más tarde se unieron Número 1 y Número 12, pero no estaban solos, también llegaron con ellos los gemelos. Me pregunté que estarían haciendo aquí. Acaso Miguel también les había contado el plan.

Para ser honesto, me gustaría que nadie tuviera que vivir un encierro total. Me gustaría que todos estuviéramos en libertad. Quizás ese ha sido uno de los pensamientos más ilusorios de la sociedad, sentirse libre sin siquiera estarlo. ¿Acaso fuimos libres alguna vez en verdad?

—Debemos ser muy cautelosos. Rodríguez estará muy ocupado ese día y tendrá mucho en qué enfocarse. Sus prefectos estarán celando la bóveda y el otro estará vigilando los pasillos, pero no puede estar en todos lados. Si se preguntan por qué los gemelos están aquí es porque son parte del plan. No sé cómo lo haremos, pero saldremos juntos de este lugar y no me importará morir al respirar el aire real aun cuando el virus se coma mis pulmones. Estaré feliz si muero en el verde y suave pasto, y aún más si estoy junto a ustedes —dijo Miguel con voz alentadora.

—Según hemos oído —dijo Carpio, uno de los gemelos.

—Y siempre oímos bien —completó Andrés, su hermano.

—Rodríguez conspira para robar los trajes y venderlos a ... —dijeron al unísono hasta que los interrumpí.

—Al padre de Pee —dije sin una pizca de compasión—. El señor Sho. Tu padre, Número 1. Él es la razón por la que jamás saldríamos de aquí si se lleva los prototipos —concluí exaltado.

—No sé cómo están tan seguros de eso. Puede que hayan entendido mal o que nuestra hipótesis sea incorrecta, pero en todo caso también quiero salir de aquí —dijo en defensa propia, o quizás escondiendo cómo se sentía realmente. Yo lo empeoré todo para él.

—Paren de discutir —gruñó Número 12—. Escuchen con atención.

Número 12 estaba seguro de que su plan era tan bueno que para cuando Mr. Bigotes quisiera robar los trajes los ladrones originales (o sea, nosotros) los habrían robado primero.

El sábado comenzaría igual que siempre: la misma rutina diaria de levantarnos para el desayuno y volver a las habitaciones, con la diferencia de que Rodríguez no estaría sentado en su puesto habitual.

Por la cara de Número 28 supe que le decía algo a Número 12 con la mirada. Algo que Número 9 ni siquiera notó.

Sabía de antemano que por ser fin de semana los horarios cambiaban un poco; en vez de comenzar tan temprano los deberes iniciaban casi todos a golpe de mediodía. Teníamos tiempo de sobra para reunirnos, pensé. Pero eso no ocurrió. Yo moría de los nervios y de la incertidumbre y comencé a pensar demasiado. Me dolía la cabeza y quería gritar muy fuerte para liberar tensión. Lo mejor que pude hacer fue volver a mi dormitorio y esperar una señal.

Escuché de pronto (quién sabe cuánto tiempo después) cómo algo suave se deslizaba por debajo de mi puerta. Era un sobre. Una carta. Me pregunté de quien podría ser.

Abrí esperando conseguir al responsable, pero no vi a nadie excepto a los ancianos limpiando el piso. Observé el reloj. Solo tenía diez minutos cuando mucho para ir a la lavandería a continuar con el trabajo, tal como habíamos acordado.

La carta me la había enviado el mismo Miguel. En ella, Número 12 me decía:

«Dino, no podía decirte nada hasta este momento, pero eres el único que puede hacer que el prototipo cobre vida. Me lo ha dicho Número 28. Sé que no confías en él y quizás yo tampoco, no del todo, pero no tengo motivos para desconfiar. En todo caso, no te desesperes. Mr. Bigotes te necesita para hacer funcionar el prototipo y poder venderlo completamente funcional, así que cuando el momento llegue él lo sabrá, lo que no sabe es que estaremos tendiéndole una emboscada y le daremos una cucharada de su propia medicina.

Mi posición es estar con Número 9 en el taller intentando reparar el ducto que inicia el sistema de riego del invernadero, pero me encargaré de echarlo todo a perder para deshacerme de ese idiota. Una vez que me deshaga de él te encontraré en el Ala Oscura.

Los gemelos, por su parte, estarán más que listos para recibir de Número 28 el plano que nos conducirá a la salida de este lugar. Te preguntarás cómo harán para cargar los planos generales, ya que son bastante visibles y no hay que dejar que Rodríguez o cualquier soplón los vea. Muy sencillo: los gemelos los cubrirán de ropa sucia, ropa que llevarán al bajante. Ellos los depositarán allí y ustedes lo recibirán.

Número 3 y tú estarán en la lavandería como de costumbre. Allí Número 3 deberá usar su mente maestra para memorizar los pasillos y posibles rutas de escape.

Nos encontraremos todos en el Ala Oscura, en donde posiblemente, y si todo sale bien, no tendremos que luchar contra Rodríguez. Odiaría golpear su bigote, pero en general ese es el mejor plan, evitando, claro está, cualquier otro contratiempo».

Número 12 se había superado a sí mismo. Sonaba como un buen plan. Pero se le había olvidado el hecho de que nuestra ausencia parcial en los lugares en donde tendríamos que haber estado sería notoria y Rodríguez no solo tiene dos pares de ojos extras. Algo no me olía nada bien, y no hablo de mi ropa sucia, pero de igual manera valía toda la pena del mundo intentarlo.

—¿O sea que tú ya sabías todo y no me contaste nada? —le espeté a Número 3 una vez que estábamos en la lavandería.

—Y ahora ya sabes cuál es la razón. Eres frenético e impulsivo.

—¿Y cómo se supone que…? ¿Y cómo sabré cuándo es el momento? ¿O como…?

—Solo debes esperar. Yo supongo que, si mis cálculos son correctos, el asalto no ocurrirá hasta las ocho de la noche, o quizás antes, así que creo que entre los deberes y el tiempo para memorizarlo todo, si no es tan complejo, alrededor de las cuatro de la tarde deberíamos tener los planos en nuestras manos.

Yo no quedé muy convencido, y quizás suene como un completo pesimista, pero nuestras vidas estaban en riesgo y cualquier cosa podría pasar.

Las horas se hicieron eternas, como si el reloj y el tiempo fuesen conceptos olvidados.

Hasta el hambre se redujo a tal punto que mi cuerpo había olvidado que comer y tomar agua era necesario, por lo que Will me obligó a alimentarme e hidratarme.

Escuché un sonido similar al que haría una enorme bestia cuando traga o regurgita su cena. Así fue como supuse que algo venía por el bajante. Nunca estuve más feliz de recibir ropa sucia en mi vida.

No vi ningún plano en el carro que había llegado. Mi cara de enojo y frustración quedaron opacadas por mi miedo y tristeza. En serio me había imaginado fuera de este lugar. Nos imaginé fuera de aquí.

—¡Te dije que esa rata nos iba a traicionar! —le di un puntapié con tanta fuerza al carro de la ropa sucia que se estrelló contra la puerta de servicio.

—Tranquilízate, Número 10, yo no creo que... ¡Mira! —dijo Will a viva voz, sin entender en un principio el júbilo en su voz.

Cuando reparé en el carro de ropa sucia observé los planos que Will debía memorizar, pero no estaban envueltos en la ropa sucia sino debajo del carro, entre las ruedas.

Nos pusimos manos a la obra. Los planos eran bastante grandes y estaban perfectamente detallados. Mi amigo y yo comenzamos a estudiarlos y a memorizar los puntos de salida del búnker; había varios escapes, a mi parecer. Aunque no todos estaban en uso o eran funcionales, creímos que con memorizar un par sería suficiente.

Mi estómago estaba en mi garganta y mi corazón en los pies. No sabía lo que sentía en ese momento. Solo tenía un pensamiento recurrente: salida.

La puerta de servicio sonó dos veces. Aquella era nuestra señal. Will y yo intercambiamos miradas e hicimos un gesto de aprobación con nuestras cabezas. Sabíamos que después de dar este paso no habría marcha atrás. ¿Para qué querríamos volver?

Encendimos las lavadoras con todo el jabón en polvo que encontramos y comenzaron a hacer su trabajo a toda marcha. En minutos el cuarto se empezó a llenar de una espesa espuma de intenso olor y entonces salimos corriendo. Mientras corría, pensaba en el tiempo que tendría afuera con mis amigos. Jugaríamos pelota en lugares más grandes. Comeríamos lo que quisiéramos cuando quisiéramos. Nos dormiríamos a la hora que nos diera la gana y no tendríamos a un oficial detrás diciéndonos qué hacer. Tendríamos noches interminables de cuentos y quizás, solo quizás, nos enamoraríamos de alguien que nos gustase.

Era obvio que mi cuerpo actuaba impulsado por la adrenalina del momento y ello me hizo no ver lo que tenía delante. Quizás por lo oscuro del lugar o por estar imaginándome cosas me estrellé con un muro humano muy corpulento.

—Número 12... —dije sobándome la frente

—Silencio ustedes dos —refunfuñó Miguel halándonos hacia la boca de la oscuridad—. Hace rato escuché hablar al hermano de Rodríguez...

—¿A su qué? —preguntamos Will y yo al unísono.

—Sí. El tipo del que nos hablaste hace semanas. El mismo que ha estado rondando y viniendo a hablar con Mr. Bigotes es su hermano menor.

—Pero él nos dijo que había muerto durante los días de la evacuación.

—El oficial Rodríguez dice muchas cosas, pero ninguna de ellas son ciertas —observó Will.

Volvimos a enmudecer cuando escuchamos pasos acercarse hasta nosotros.

Número 12 nos puso detrás de su espalda y nos cubrió con los brazos. No sé si esperaba lo peor, pero fue reconfortante saber que nuestro amigo era más bien un hermano mayor.

—Somos nosotros —dijeron los gemelos con el mismo tono de voz.

—Casi nos matan del susto —dije con tono amargo.

—Escuchamos que el plan de escape será a través del cuarto de lavado —dijo uno de los gemelos. Nunca estoy seguro de quién es quién, mucho menos en la oscuridad.

—Y los ancianos fueron a revisar por órdenes de Rodríguez, eso quiere decir que...

—No tenemos mucho tiempo —repliqué interrumpiendo al otro gemelo—. Si Mr. Bigotes envió a los ancianos significa que cuando lleguen no nos verán allí y enviará a sus matones a buscarnos.

—Sí, pero no sabe dónde se han metido ustedes. Así que por ese lado estamos a salvo, al menos con algo de tiempo —afirmó Número 12.

—Chicos… —dijo un susurro.

—¡Maldición! ¿En dónde te habías metido? Ah, ya sé… No me contestes —dijo Miguel molesto y con toda la razón.

Seguramente Pee se había quedado dormido, pero ya con Número 1 estábamos completos. Los seis que habíamos iniciado esto solo debíamos esperar por Número 28, por muy mal que me parezca, y también por Número 9. Pero no hubo señal de ellos, al menos durante unos diez minutos que parecieron eternos.

—No podemos seguir esperando —dije molesto.

—Tienes razón, Número 10 —dijo Número 12—. Es mejor avanzar ahora o será demasiado tarde.

Allí nos encontrábamos, avanzando hacia la total oscuridad. Aunque al principio me desesperé un poco, pues no sabía cómo o por qué se activaba la luz, tenía la completa seguridad de que aquel punto de luz verde fosforescente sentiría que estaba aquí, esperando verle.

En efecto, segundos después el puntito apareció y junto con él prosiguió la niebla, el sonido metálico de ruedas chirriantes y el espectro de ojos rojos.

Esta vez no correríamos. Esta vez seguiríamos caminando hacia la figura. Esta vez no era solo una criatura. Eran más. Eran exactamente seis. Era la cantidad que necesitábamos. Estaban allí para nosotros. Estaban allí esperando ser liberadas o, mejor dicho, para liberarnos del encierro total.

Sabíamos que era hora de actuar. El reloj no era nuestro amigo aquel día.

Apenas avanzamos un par de pasos nos encontramos con los trajes de rescate y uno a uno nos los fuimos colocando por encima de la ropa que ya teníamos. No puedo decir que fueron diseñados a nuestra medida, de hecho, nos quedaban bastante holgados, inclusive para Número 12, quien ya era bastante grande por naturaleza. Particularmente en el mío cabían dos yo al mismo tiempo.

—No lo entiendo —dijo Número 3 por lo bajo.

—Es cierto. Incluso para cualquier persona esto se vería ridículo y además no te protegería de nada —añadió Número 12.

—Esto parece un chiste —indicó Número 1—. Por estos agujeros podría pasar un tren sin problemas.

—¿Y entonces como se protegían del virus? —preguntaron los gemelos al unísono, como siempre lo hacían.

—Con esto —dije mientras despegaba de un tirón el casco protector que momentos antes estaba suspendido por una serie de cables delgados.

Metí la cabeza como si se tratase de un instinto automático, el traje se encendió y todo lo demás se apagó por completo.

Acto seguido, aquello que minutos antes era del tamaño de un adulto muy grande se fue encogiendo hasta adaptarse a mi cuerpo. Como si tuviera algún tipo de memoria artificial. Como otra piel que cubriría desde mis pies hasta mi cabeza. Era bastante cómodo, a decir verdad, y se sentía como si fuese parte de mí, casi como si hubiese sido diseñado para mí.

El casco que cubría mi cabeza tenía en la pantalla símbolos, números y algunos que otros comandos que no sabría cómo describir, pero podrás hacerte una idea si te digo que son parecidos a los de subir y bajar el volumen de un televisor con el control remoto, o el de un buscador de internet, o como el de un mapa por satélite, tan básicos y tan complejos como los que acabo de mencionar. Ya estaba bastante frío con todo, cuando de pronto una voz se oyó tanto dentro como fuera de mi cabeza:

—Bienvenido al sistema operativo CHRONES. Para iniciar, ¿podrías indicar tu nombre?

—Dino. Mi nombre es Dino.

—Muy bien, Dino. Ahora comenzaremos el reconocimiento facial con el escáner inteligente.

—Y ahora, ¿qué sigue? —le cuestioné a la robótica voz proveniente del casco.

—CHRONES fue diseñado para protegerte de cualquier riesgo mortal. Para terminar de calibrar las funciones de protección diatérmicas te pediré dar algunos pasos, saltar y agacharte. Por último, te pediré que corras hasta el final del corredor y te golpees muy fuerte contra la pared de entrenamiento.

—¿Qué haga qué cosa? —sé que sonaba loco hacer lo último que me pidió el casco parlanchín, pero obedecí, ya que era la única forma completa de la configuración del traje.

Para mi sorpresa, cuando eché a correr no pensé en otra cosa más que en estrellarme. Me dolería muchísimo, seguro. Estaba a punto de llegar, pero antes de darme el golpe de mi vida me detuve dos veces consecutivas.

«Vamos, Número 10, tú puedes», decían los chicos aún de pie en sus mismos lugares, ya que por la oscuridad total ellos no podían verme, pero sí oírme. Por el contrario, yo sí podía verlos a través del visor nocturno del casco.

Corrí lo más rápido que pude en ese tramo de pasillo. Durante esos escasos segundos me pregunté si estos trajes estuvieron aquí todos estos años. Acaso habrían hecho pruebas con ellos y este lugar era, por así llamarlo, su sala de entrenamiento.

En todo caso, cuando quise frenar, asustado, ya era demasiado tarde. La pared me rebotó y caí boca abajo en el duro suelo. Escuché a los chicos preguntarme si estaba bien, si me había roto algún hueso o si estaba muerto. Nada de eso. No sentí absolutamente nada. Les dije con emoción que este era nuestro boleto de salida, y así uno a uno se fueron colocando los trajes y configurándolos con sus voces.

—Es genial. Ahora puedo ver en la oscuridad —dijo Will con la misma emoción que yo.

—Démonos prisa. Basta de perder el tiempo, Número 3 —dijo Número 12.

—Supongo que memorizaron el mapa —señaló Número 1.

—Lo hicimos —dijimos al mismo tiempo, y nos dimos cuenta de que al hablar nos podíamos escuchar por dentro de los cascos de protección.

Echamos a andar por el largo y oscuro pasillo al menos por unos diez o quizás quince minutos en completo silencio, aunque los trajes, por el material con el que habían sido diseñados, hacían un pequeño ruidito cada vez que nos movíamos, muy parecido a dos materiales elásticos al hacer contacto entre sí.

Cuando por fin se acabó el pasillo nos encontramos con una puerta un poco más pequeña de lo normal que daba a un cuarto bastante grande lleno de cables y monitores que parecían estar fuera de funcionamiento, el cual atravesamos sin contratiempos, aunque Will y Pee se tropezaron un par de veces con algunos cables, lo que hizo que discutieran un poco.

—¿Y ahora qué sigue? —pregunto Número 12 un poco extrañado al notar que la puerta de salida del cuarto de cómputo no abriría por nada del mundo.

—Esto no se veía en los planos —razonó Will.

—Es cierto, pero… si los planos que nos dio Joseph no eran los correctos, entonces… —mi corazón latía con fuerza. Sabía que solo era cuestión de tiempo para que Rodríguez nos atrapara, nos eliminara y vendiera los trajes a su mejor postor, o sea, al padre de Pee.

—Esperen —dijeron los gemelos —. Miren arriba.

Gracias a que podíamos ver en la oscuridad cual gato ladrón, vimos una rendija de ventilación lo bastante ancha como para que pudiésemos andar a rastras. Era nuestra única salida.

Los gemelos, que eran bastante fuertes y flexibles, hicieron su trabajo para abrir la reja al subirse uno en los hombros del otro. Con un fuerte jalón despegaron el sello que mantenía la trampilla cerrada y uno a uno nos fuimos metiendo en el agujero.

Seguimos en línea recta por quince minutos. Ya era bastante difícil andar a gatas, de paso debíamos hacerlo en un reducido espacio y tratando de calmar a Número 12 con su claustrofobia. Hiperventilaba en exceso y puedo jurar que lo escuché chillar del miedo. Quizás su mente le decía que moriría en este lugar y una parte de la mía quizás también lo pensaba, pero no creía que lo haría precisamente en el agujero de ventilación. Al cabo de un rato nos encontramos con una encrucijada. Había dos caminos. La pregunta era: ¿cuál debíamos tomar?

Comenzamos a discutir y solo escuchaba a Número 12 gemir y llorar, a los gemelos discutir por lo bajo por qué esta había sido una muy mala idea y a Pee decirle a Will que era un estúpido por no haber memorizado los planos que Número 28 le había hecho llegar.

—¡Ya cállense todos! —grité sin tapujos—. ¡Cállense! ¡Chist! Creo que escuché algo.

Cuando todo hicieron silencio pude escuchar voces, o más bien el eco de ellas. Eran débiles como un hilo, y aunque era inentendible lo que decían, mis sentidos estaban agudizados y noté que provenían del lado izquierdo, así que esa fue la dirección en la que me dispuse a andar.

Conforme avanzaba, aquellas voces se escuchaban más claras y fuertes. Mi estómago comenzó a retorcerse, pues aquella voz fría y susurrante como la de una serpiente era la de Mr. Bigotes hablando con alguien más. Apenas se entendía qué decía. «Llegada la hora… Matar. Yo decidiré qué hacer. Matar. Usa mi arma. Le di las municiones que tenía a… Ahora solo tiene dos balas». Seguimos gateando hasta nuestra posible salida y por una rendija observé un cuarto gigantesco amurallado por pilas y pilas de cajas. La voz se hizo mucho más fuerte y clara. Debíamos estar muy cerca de la salida o de nuestra muerte, pero en todo caso no se lo dejaríamos tan fácil a Rodríguez y a sus secuaces.

Entonces solo le quedaban dos balas. Entonces solo tendríamos que enfrentarnos a Rodríguez, a sus dos prefectos y al misterioso (y no muerto) hermano de Mr. Bigotes. Si repasábamos todo con detenimiento, sabríamos que nosotros éramos seis contra cuatro, pero ellos tenían la ventaja con las armas y nosotros solo teníamos trajes de protección de prueba que los que ni siquiera sabíamos si su dichosa y aclamada protección funcionaba o no.

Allí estábamos, viendo a Mr. Bigotes hablar con su hermano. No sé si la maldad que había en aquel hombre lo había consumido por completo, pero era cauteloso y parecía que tuviese oídos y ojos en las paredes. Dio un giro sobre sus talones y posó su mirada en el techo. Me pregunté si nos había podido oír, oler o hasta sentir que estábamos allí. Su mirada pareció clavarse en mi alma, escudriñándola. Todos guardábamos silencio. El oficial, que acariciaba el arma que tenía entre sus manos, dijo:

—Yo creería que a estas alturas sabrías que no había espacio para ambos en este nuevo orden. Siempre fuiste el favorito y el elegido por todos. Yo me reduje a una sombra y a seguir órdenes, pero solo habrá un lugar para el comandante en jefe una vez que el Sr. Sho haya completado el nuevo equipo y quién crees que va a ser...

Sin que hubiese tiempo a contestar, el giro mortal del arma en sus manos dejó escapar un sonido seco y lamentable.

Nuestros ojos se inundaron de pronto por aquella vida que Rodríguez acababa de quitar. Era su propio hermano quien caía al suelo, ahogándose con su propia sangre, la misma que corría por las venas del oficial.

Rodríguez se rascó el bigote y dejó escapar un suspiro. Caminó por encima de su hermano y, tras cerrar la puerta, desapareció.

Abrimos la rendija por la que fuimos testigos del asesinato de un hombre que, con o sin conocimiento de aquel malévolo plan, cayó preso en la misma red de engaños del oficial Rodríguez.

Bajamos de uno en uno, tratado de no mirar el cuerpo que, con dificultad, seguía agitándose en busca de aire.

«No... s-se... detengan... Hay más con vida».

Fue lo último que dijo aquel hombre mirándome a los ojos y sentí cómo el brillo se esfumaba de ellos, quedándose viendo a la nada. Los cerré con mis dedos y oré para que su alma descansara en paz y no le guardase rencor a su hermano, ciego por el odio y alimentado por la envidia y la codicia.

—¿Y ahora qué hacemos? —preguntó Will sollozando mientras yo seguía arrodillado y jadeante ante el cuerpo sin vida del hermano de Mr. Bigotes.

—Es obvio que debemos salir de aquí cuanto antes. Ya Rodríguez sabe que escapamos y que nuestro plan no funcionó del todo, por eso tenemos que usar el plan B—añadió Número 12.

—¿Cuál es el plan B? —pregunto Número 1.

—¿Acaso no es obvio? —dije tras observarlos a todos—, tenemos que improvisar.

—Solo sé que si mi padre no obtiene todos los trajes, o sea, los seis, entonces no habrá trato y Rodríguez morirá de cólera o nos matará en el intento.

—Se olvidan de algo —dijo Carpio, uno de los gemelos—. Nosotros somos quienes poseemos los trajes y están configurados con nuestras voces y reconocimiento facial.

—¿De qué le servirían a tu padre o a Rodríguez de esta manera? —dijo Andrés, el otro gemelo.

—Toda vida inteligente tiene como cerebro una computadora y toda computadora es capaz de ser iniciada. Rodríguez solo quería iniciarlo con la configuración de fábrica, o sea que hicimos el trabajo por él —aclaró Pee.

—Exacto… —dijo la voz fría y calculadora de Mr. Bigotes a nuestras espaldas.

Nuestro enemigo siempre estuvo un paso delante de nosotros y por más que lo intentásemos entender, la verdad era que no sabíamos nada.

Comencé de pronto a recordar aquellos días con mi mamá. El olor de su rizado cabello negro azabache, o la forma en cómo se sorprendía con los detalles más insignificantes o cómo brillaban sus ojos cuando hablaba de papá.

Extraño a papá, aunque no tenga memorias de él.

Comencé a imaginarme cómo sería la vida si todo fuese diferente. Si hubiésemos cuidado el mundo, o por lo menos una pequeña parte, la conciencia humana evolucionaría a tal punto de cuidar cada espacio, no solo para disfrute personal sino porque chicos como yo no tuvimos el privilegio de disfrutar un mundo libre de enfermedades.

—¿Entonces es aquí donde nos revelas tu oscuro plan, Rodríguez? —cuestionó Número 12 en tono desafiante.

—Me halagas, Número 12 —replicó el oficial—. De hecho, me encantaría decirles mis intenciones, pero de todos modos no estarán aquí para ver el nuevo orden al cual me uniré y tampoco podrán disfrutar de un mundo diferente. Ustedes nacieron y se hicieron aquí debajo y aquí mismo morirán —se aclaró la garganta con malicia y con una expresión de regocijo—. No soy tan malo como creen, pero al final todo se reduce a un número, ya lo saben, ustedes también lo son. Tenían un propósito y ya lo cumplieron. Sabía que solo era cuestión de tiempo hasta que estuviesen listos para configurar los trajes. Tuve que aliarme, claro, no soy solo yo el interesado.

—¿Tú y cuántos más? —dije casi llorando.

—¡Cállate, mocoso insolente! ¿Acaso tu madre no te enseñó a no meterte en conversaciones ajenas? ¡Oh! Es cierto, no tuvo tiempo para ensenarte modales.

—Al menos no somos unos cobardes como usted, que tuvo que utilizar a unos niños para fraguar un plan que no tiene sentido alguno. Al menos yo tengo dignidad y valoro a mis amigos y no como usted, que terminará solo y sin nadie que piense en el estúpido oficial bigote de brocha cuando su día de morir llegue por fin —replico Número 3, dejándonos boquiabiertos.

—Para cuando ese día llegue yo estaré en otro lugar, en un nuevo mundo, con un nuevo orden y sin niños alrededor que echen todo a perder —dijo antes de levantar la mano para abofetear a Número 3, pero Número 12 fue más rápido y lo detuvo a tiempo. Cuando Miguel fue a replicar para darle su merecido puñetazo al oficial su mano también fue detenida por una más regordeta e igualmente poderosa. Número 28 había entrado en acción, seguido por el otro prefecto por Número 9.

—¡Corran! —dije con entusiasmo.

—¡Busquemos la salida! —dijo Will.

—¡Atrápenlos! —dijo el oficial cara de sapo a sus matones.

Para cuando la persecución comenzó vi a Número 12 enfrentándose a Número 28 en un baile de puñetazos que no sabía dónde pararía. Miguel y Joseph eran del mismo tamaño, pero Número 28 era más gordo, lo que lo hacía más lento, pero igual de letal que Miguel.

Nosotros seguíamos corriendo en la dirección que Will nos señalaba, pero Mr. Bigotes y Número 9 nos seguían como si supieran a dónde íbamos. En efecto, así era. Cuando llegamos la puerta de salida el corazón se me iba a salir del pecho. Pee fue el primero en llegar y abrió la puerta con tal energía que pensamos que todo acabaría, pero era muy tonto pensar que sería así de sencillo.

—Se supone que esta era la salida.

—Supusieron bien —dijo el oficial.

—Después de que Rodríguez nos explicara todo su plan maestro supimos que cambiar los planos no sería difícil, mucho menos siendo prefectos —dijo Número 9 con regocijo—. Nosotros salimos y ustedes se quedan.

—Los guiamos hasta una cabina que antes era una salida. Ya no. Pueden entregarnos los trajes, no se resistan, y los dejaremos vivir —completó Número 28.

—O pueden hacerse los difíciles y morir en el intento —dio Número 9.

—Creo que prefiero la segunda opción —dijo Andrés.

—Yo apoyo esa elección, hermano —respondió Carpio.

Era la primera vez que escuchaba a los gemelos hablar por separado y no al unísono o uno terminando la oración del otro.

Vimos a Número 12 correr hacia nosotros para unírsenos a la lucha.

—¿Y Número 28? —pregunté.

—Noqueado, o eso creo. Que impor...

No había terminado de completar la frase cuando una luz blanca como una centella encandiló nuestros ojos.

Número 28 había hecho caer a nuestro grandulón amigo. Lo había noqueado con un electrochoque directamente en la nuca. Ahora éramos cinco contra tres, pero vuelvo y repito, ellos eran los de las armas.

Acto seguido, Mr. Bigotes y Número 9 sacaron sus varas de electricidad; ya se imaginarán lo que siguió a ello.

Sin embargo, al tratar de describirte el dolor que sentíamos con cada descarga, este no se comparaba con los golpes en las costillas y el estómago. A pesar de tener los trajes de seguridad no significa que no duela lo que te pase, no éramos Los Vengadores ni teníamos el traje metálico de Iron Man o algo parecido.

Vi a los gemelos rodeando a Pee y a Will, quienes lloraban y gemían en el suelo retorcidos del dolor mientras ellos aún estaban de pie, o mejor dicho, de rodillas ante Número 28 y Número 9. Los trajes no soportaban tanto.

Rodríguez me tenía a sus pies y junto a mí yacía Número 12, aún inmóvil, pero respirando.

—Y así es como decidiste que terminaría tu vida y la de tus compañeros. Eres el único culpable de esta situación. Es tu culpa que tus amigos mueran.

—Déjalos en paz, Rodríguez —dije con dificultad—, conmigo puedes hacer lo que te plazca.

—No quiero nada contigo, sino de ti. Dame tu traje y dejaré vivir a tus amigos.

Mi panorama no pintaba bien, pero las palabras de Mr. Bigotes diciendo «es tu culpa que tus amigos mueran» no salían de mi mente. Era momento de hacer lo correcto, o al menos lo que estaba en mis manos para no dejarlos morir, al menos no así.

Me quité el casco y se lo puse en las manos a Rodríguez, quien no le quitaba la mirada de encima con la misma malicia con la que había fulminado a su hermano.

Sentí de pronto a mi tobillo abrazado por un contacto caliente. Número 12 lo había rodeado con su mano y un débil susurro se escapó de su boca: «Corre».

Número 12 se levantó con tal velocidad que el casco golpeó la cara de Mr. Bigotes. Con dificultad Miguel volvió a ponerse de pie y todas las miradas se volvieron a él.

Eché a correr lo más rápido que pude por el pasillo saliendo de aquella cabina acorazada y no volví a mirar atrás.

No sabía hacia dónde estaba corriendo. Solo tenía la certeza de que debía buscar una salida, pero tenía a Rodríguez persiguiéndome a una velocidad espeluznante.

—Por más que corras no encontrarás dónde esconderte, Número 10.

Yo hacía caso omiso a sus palabras y corría por el laberíntico lugar lleno de pasillos. Me faltaba aire en los pulmones y el miedo aceleraba mi deshidratación. La voz de Rodríguez llegaba a mis oídos y retumbaba con ecos que destrozaban mis ganas de salir del búnker.

La única puerta que abrí con acceso a lo desconocido fue el mismo cuarto que vimos cuando llegamos a las garras de Rodríguez. Una habitación gigante llena de cajas. Por supuesto, me escondí entre ellas.

—Solo estas retrasando tu muerte. Sé valiente y da la cara.

Mi cerebro solo pensaba en refugiarse y no salir, y mi cuerpo quería estar en igualdad de condiciones para luchar contra el oficial cara de sapo, pero también se sentía adolorido y machacado.

Escuché salir un disparo del arma de Rodríguez y un gritito se escapó involuntariamente de mi cuerpo.

El oficial pateó la columna de cajas donde me escondía y yo seguí escabulléndome hacia otra hilera mientras Mr. Bigotes seguía persiguiéndome hasta que ya no encontré lugar para ocultarme.

Era el antiguo juego del gato y el ratón, solo que en este caso el gato se había quedado sin municiones. Recordé de pronto que solo tenía una bala y la había gastado en el aire.

Mis hombros y puños no tenían la fuerza de un hombre adulto como Rodríguez, pero daría pelea limpia hasta el final.

—Se te acabó el tiempo —dijo Rodríguez apuntándome con el arma—, entrégame el traje y se acabará todo.

—Sé que me matarás igual.

—Sí, probablemente.

—También sé que tu arma está vacía. Ya no tiene municiones, así que por qué mejor no terminas conmigo a mano limpia.

—Eres muy valiente después de todo. Igual que tu padre, lástima que…

No le di tiempo de decir otra cosa sobre mi familia. Le lancé una patada que él esquivó y en respuesta recibí un golpe en el estómago que me hizo ver estrellas y caí hacia atrás, gracias al cielo amortiguado por cajas de cartón vacías por completo.

Me levanté, me puse el casco y adopté posición de ataque con mis puños arriba. Aún atontado y mareado por el golpe, lancé puñetazos en todas direcciones para ver si con suerte lograba asestar uno certero, pero tampoco sucedió eso.

Rodríguez me sujetó con fuerza y me empujó contra la pared. Cerró su mano alrededor de mi cuello para asfixiarme y acabar con mi vida lo más pronto posible. Sentí a mis pies despegarse del suelo para estar a la altura del oficial.

Mis manos seguían moviéndose en diferentes direcciones y ya casi no podía respirar. Mi vista se nublaba y sentía la cabeza del tamaño de un globo.

No sé por qué motivo mi mano izquierda seguía tanteando detrás de mi espalda en busca de algo que me pudiese ayudar a zafarme de las garras de Rodríguez y sentí algo frio y metálico al tacto. En un acto desesperado antes de morir tiré de ello con la poca fuerza vital que me quedaba y me dejé caer.

Una luz incandescente golpeó mi rostro y vi a Rodríguez rodar conmigo, o más bien, por encima de mí.

Sentí ahogarme con una cantidad impensable de aire. Había sido aire puro entrando en mi sistema y llenando mis pulmones. Un aire falsamente puro.

Era letal y tóxico. Casi frente a mí estaba Rodríguez con los ojos brotados y con sangre saliendo de su nariz.

Solo era cuestión de horas o quizás minutos para que mi cuerpo colapsara. Mis ojos se cerraron de a poco y solo esperé morir tranquilo. Mi único pensamiento era que al menos mis amigos vivirían mucho más que yo y escaparían del lugar en donde fui feliz cuando ignoraba toda la realidad.

La resistencia

Desperté con un fortísimo dolor de cabeza. Intentar ponerme de pie no fue una tarea sencilla. El mundo se venía encima de mí y me aplastaba con fuerza. Me sentía tan sediento que al tragar era como si intentara pasar arena en vez de saliva. Atribuí el dolor de cabeza a la falta de sueño, al estrés, a los golpes y descargas eléctricas recibidos y a que mi estómago no tenía casi nada de comida.

Mis ojos aún se seguían adaptando a todo lo que veían; con dolor te juro que podía apreciar la verdadera realidad por primera vez. Para serte franco, me daba miedo intentar probar algo, lo que fuese. De todas formas, no era como si una fruta fuese a matarme si después de todo seguía consciente y el virus aún no acababa conmigo. ¿Por qué el virus no me ha matado? ¿Por qué sigo con vida?

Claro que sigo vivo, de lo contrario no estaría contándote esta crónica, pero antes de continuar con mi viaje te narraré también la travesía de mis amigos, a quienes les pedí que se fueran sin importar dónde estuviese yo y por quienes le pedí a Dios que se encontraran con vida y lejos del búnker.

Así que antes de que sigas leyendo y pensando que te arruiné la historia al decirte que todos seguíamos con vida, sería muy irresponsable de mi parte afirmar que todo sería más sencillo. Incluso escribir mis memorias y tratar de contarte mi vida no ha sido para nada simple. Es doloroso recordarlo, pero la felicidad que me embarga por haberlo logrado es mayor y qué bien que estás conmigo para compartirlo.

Dios siempre premia la valentía y la búsqueda de la verdad y nunca abandona a nadie que crea en él.

Ahora sí te contaré lo que sucedió aquel domingo con mis amigos y más adelante caminarás conmigo por las calles de mis recuerdos desde mi aparatoso escape del Refugio Alfa 2.

Número 12 salió trastabillando, cansado y adolorido, pero con un objetivo en mente: correr, alejarse lo más posible de aquel lugar y llevarse con él a los chicos, aunque aquello significara dejarme atrás, dejarme morir.

Cuando se incorporó al resto, observó que Miguel llevaba en sus hombros a Pee y Andrés a Will, así que correr suponía un esfuerzo casi imposible, no solo por el cansancio. Aunque, de todos modos, ¿de quién correrían?

Will conocía el mapa tan bien como yo, con la diferencia de que yo no lo poseía y me encontraba solo y desorientado.

Solo tenía un pensamiento y era buscar en mis memorias la imagen del mapa que me llevaría hasta otro punto de refugiados.

La razón por cual ahora llamo a mis amigos por sus nombres es muy sencilla: ya no éramos experimentos, era hora de darles poder a nuestros verdaderos nombres.

—El sol ya se está poniendo, es mejor buscar algún sitio en donde pasar la noche —dijo Miguel con voz cansada—. Podemos turnarnos y hacer guardia —repuso mientras dejaba en el piso a Pee, quien hizo una mueca de dolor.

—El suelo no está tan cómodo como tus brazos, Número 12 —bromeó dibujando una sonrisa al ver que todos estaban de pie.

—Desgraciado, ¿estuviste despierto todo este tiempo mientras te cargaba? —quiso saber Miguel, rojo de furia.

—No, no todo el tiempo. A decir verdad, no sé cuándo recobré la conciencia, pero sé que estaba cómodo y me volví a quedar dormido —dijo con inocencia—. Además, debo recordarte que siempre me quedo dormido en donde sea que me sienta cómodo, hasta he llegado a pensar que es narcolepsia.

—En fin… —dijo Carpio—. Andrés y yo podemos hacer la primera guardia. Tú necesitas descansar más, Número 12. ¡Ah!, por si no lo sabían, el casco del traje tiene una linterna incorporada.

—Y un panel de carga solar —añadió Pee con seguridad.

Pee les dijo a los chicos que le parecía extraño que el traje no se hubiere apagado durante el tiempo de uso. «¿De dónde provenía la energía del traje y donde se almacenaba?», había llegado a preguntarse. Pee explicó la labor de su padre y el desarrollo de sus paneles usando la energía del sol.

—Desde que supe que mi padre tenía algo que ver con esto comencé a sospechar que los trajes usarían algún tipo de panel solar y lo confirmé al ver los cascos. Un diseño así —dijo con melancolía—, solo podría venir de mi padre. No lo digo como algo necesariamente malo, pero…

—No te preocupes. Entendemos —dijo Andrés—. Mejor vayan a descansar.

Aquella noche transcurriría así: los chicos llegaron a un estacionamiento abarrotado de autos abandonados donde encontraron el sitio perfecto para descansar, un viejo autobús escolar color amarillo desteñido y con asientos raídos y sucios les brindaría refugio para la noche y un descanso reparador.

De día el sol había sido clemente y piadoso, pero la noche había traído consigo un frío insoportable.

Los ruidos de la noche se hicieron presentes y ninguno de sus espectadores se habría imaginado que tales sonidos fuesen tan hermosos como aterradores.

Un concierto de dientes castañeteando se incorporó a la banda sonora, a la par que sus cuerpos se movían de forma involuntaria en busca de calor.

CHRONES, el traje, no tenía incorporado un sistema térmico o algo que regulase la temperatura aunque, sin él encima, el frío sería mucho menos soportable.

Cuando los primeros rayos del sol se filtraron dentro del bus, Miguel abrió los ojos y encontró que Andrés y Carpio estaban completamente dormidos, uno casi encima del otro, sentados en las escalinatas de la puerta del vehículo. Will y Pee también dormían.

Miguel no los molestó en absoluto. Se levantó adolorido y con la espalda hecha un costal de huesos revueltos. Al estirarse, todo su cuerpo sonó como un viejo aparato tratando de devolver sus piezas al lugar correcto.

Abrió las puertas del bus y salió a explorar un poco en los alrededores.

Las calles de Nueva York no lucían para nada parecidas a lo que se podía ver en las revistas o periódicos, mucho menos en las películas. Después de todo, el mundo ya era un lugar diferente.

La naturaleza estaba más presente y viva que nunca, y había recuperado el terreno que había perdido por culpa de las incontables edificaciones. Era como si se hubieran sembrado cinco árboles por cada construcción.

La maleza se había comido paredes y calles, y los edificios lucían diseños y vestimentas de enredaderas verdes amarillentas, algunas con espinas bastante grandes a la vista.

Las ratas eran descaradamente visibles y demarcaban su territorio.

«Si el virus era tan letal, ¿cómo es posible que la vida animal fuese tan visible?», se cuestionó Miguel. O quizás los animales ya estaban contaminados, pero seguían viviendo y reproduciéndose como zombis, aunque no lucían como tales.

Rara vez un ave sobrevolaba, dibujando una pequeña sombra, y a veces se las escuchaba silbar.

Aquel lunes callado y despejado de cualquier otra vida humana le despertó a Miguel una sensación de no querer estar allí. Se dispuso a desdoblar el mapa que llevaba consigo desde que salió del búnker, lo colocó en el suelo y comenzó a leerlo.

«Veamos dónde estamos», dijo para sí mismo. «¿Dónde estás, Número 10?», volvió a preguntarse.

Miguel se encontraba merodeando por Park Avenue cerca del edificio que albergaba al MET cuando todo era «normal»; tuvo que haber albergado cientos de personas en sus oficinas. Hoy en día lucía bastante diferente: sucio, lleno de maleza y plagado de alimañas. Decidió adentrarse más y seguir explorando cómo el tiempo había hecho su trabajo. En algunos pisos las luces seguían funcionando. Desde lo alto observó el autobús abandonado donde los demás seguían dormidos.

Según el mapa (si en verdad tenía credibilidad), el siguiente búnker se encontraba un poco más allá del Vessel, cerca del río Hudson, el mismo que dividía a Nueva York de Nueva Jersey. Este quedaba lejos a pie, en condiciones normales, pero para todos nosotros en esta realidad era todo nuevo y no sabíamos nada de su actual identidad.

Volviendo a mi historia, yo seguía atravesando Central Park sin rumbo fijo y sin mapa, con hambre, sed y una extraña sensación en el cuerpo, además de todo lo que ya sentía. Me pregunté si los chicos habrían comido ya. Me decía a mí mismo que si escapé de la boca del búnker y de los engaños de Rodríguez, y si el virus no me había aniquilado, estaría listo para lo que fuese.

En el camino de vuelta al autobús, Miguel divisó el desgastado letrero de una farmacia a la que decidió echarle un vistazo.

Era imprescindible buscar algo de comer y beber, así que volvió con los demás chicos para que lo ayudasen a abrir la puerta o romper el cristal para poder entrar. El fantasmagórico lugar estaba casi a oscuras, y con la ayuda del visor del casco notó que aún había artículos en sus empaques.

Los productos, que no fueron tantos ni de gran ayuda, a decir verdad, hacía ya varios años que habían caducado. Lo que parecían ser papas chips estaban mohosas y olían horrible, y ni hablar de las galletas y las bolsas de pan que se redujeron a micelios de hongos. En general, todo el almacén olía a putrefacción y orina de ratas. Aun así, pudieron hacerse con vendajes, banditas para raspones superficiales y varitas de carne seca (igualmente vencidas). Tomaron agua embotellada y leche de larga duración (ya expirada), algunos enlatados y analgésicos, jabones y dentífrico.

—Se me ocurre que quizás podemos saquear algún otro lugar y buscar refugio en algún departamento antes de seguir sin un verdadero plan —dijo Miguel.

—¿Y que hay con Dino? ¿No creen que deberíamos volver por él? —cuestionó Will.

Lo cierto es que mi buen amigo nunca dejó de mencionarme en cada conversación o de incluirme en los planes como si yo estuviese ahí. Pero Miguel tenía una orden y él sabe que yo hubiese hecho lo mismo para mantener al grupo con vida.

Miguel sabía de antemano que, si nos llegásemos a dividir y tomásemos caminos diferentes, seguiríamos el plan de reencontrarnos en el siguiente punto de refugio más cercano según el mapa que habíamos estudiado.

Si yo no aparecía, lo más lógico era suponer que había muerto.

Quizás se estarán preguntando por qué los chicos no comieron en el autobús. Lógicamente, no podían quitarse los cascos. Sin ellos estarían expuestos al virus.

Cuando la COVID-19 se encontraba en su fase tres (cuando aún era posible detenerlo ya que no se había vuelto omega), se ordenó por ley que las casas y apartamentos en Estados Unidos debían tener un cuarto familiar a partir de una habitación preexistente y acondicionada que serviría como una habitación presurizada para mantenerse aislados del virus.

Los chicos hallaron uno de estos cuartos no muy lejos de donde habían pasado la noche anterior y, al igual que yo, se dieron cuenta de que sus dueños quizás se llevaron todo cuanto pudieron; y nada de lo que no fue saqueado luego serviría. Solo Dios sabe dónde habrán terminado todas y cada una de esas personas.

Por desgracia, cada casa o departamento que visitaban estaba en peor estado que el anterior y sin energía eléctrica, por lo que el sistema de descontaminación no funcionaba.

—Maldición, Número 12. Hemos visitado como 228 casas, estoy muy cansado —reclamó Will.

—Esperen un minuto —dijo Pee antes de siquiera dar un paso más—, recuerdan que les mencioné que el traje funciona con energía solar.

—Si me dices que el traje tiene una función mágica para descontaminar, entonces tu padre es un genio y besaré tu calva cabeza para que se me pegue algo de eso —dijo Carpio y su hermano gemelo comenzó a reír.

—No es eso. Hablo de que los trajes «son» carga eléctrica. Tienen suficiente energía como para alimentar una casa. Tal y como funcionaban en el búnker —todos quedaron pensativos. Pee estaba en lo correcto—. Necesitaré al menos dos voluntarios.

Los gemelos fueron los candidatos para llevar a cabo el experimento. Cada casco tenía en su parte trasera una entrada auxiliar de energía provisional. Luego de que Pee les explicara todos los detalles a los chicos, se dieron cuenta de la obviedad de que los dispositivos electrónicos tenían al menos una entrada y una salida de energía.

Pee tomó un cuchillo y cortó el cable de una lámpara para seccionarlo en cuatro partes. «Espero que en verdad funcione», decía para sí.

Una punta fue enchufada al casco de Andrés y la otra al de Carpio.

En cuanto a Miguel y a Will, su trabajo era mantener los cables en la posición correcta y retirarlos en el momento en el que la corriente viajase hasta la planta de electricidad de la casa.

Por su parte, Pee era el responsable de conectar y desconectar la planta tan pronto cobrara vida para darle la energía necesaria a la casa. Sabía que pudiese ser que el plan no funcionase, pero nada perdían con intentarlo.

—¿Listos? —dijo Pee mirándolos. Al ver a los gemelos mover sus cabezas afirmativamente, enchufó los extremos del cable de corriente al circuito a un lado de la puerta. Esperaron un par de minutos y nada sucedió.

Tras intentarlo un par de veces más, el resultado seguía siendo el mismo. Pee no lograba entender qué había hecho mal. Quizás él no se había equivocado, quizás el cable estaba picado por dentro o solo ya no servía.

—No lo sé… debería haber funcionado a estas alturas —dijo mientras pasaba su mano por el casco que protegía su cabeza—. CHRONES, ayúdame.

Y tras haber dicho esto, el traje cobró vida y le contestó: «Bienvenidos a CHRONES, ¿en qué puedo ayudarte?».

—¡Eso es! —gritó Pee de pronto, como si hubiese descubierto la cura del virus—. El traje puede recargarse o ceder su energía. ¿Cómo no se me ocurrió antes? CHRONES, quiero que transfieras tu energía restante a la casa.

De manera automática, el sistema de presurización de la habitación se encendió y, poco a poco, el sistema comenzó a hacer su trabajo de descontaminación. La pantalla de la computadora inteligente de la casa comenzó a aumentar de forma gradual el porcentaje de pureza del aire. Las puertas y ventanas se sellaron herméticamente. Los chicos se dijeron de pronto que así era como vivían las personas afuera, en una burbuja.

Cuando el proceso finalizó, al traje de Andrés solo le quedaba 5 % de batería y al de su hermano gemelo 3 %. Decidieron desconectarlos porque sabían que tendrían que ahorrar la batería para volver a iniciarlos al día siguiente y recargarlos con la luz del sol.

Por fin se sintieron libres de los trajes, aunque con temor de que el sistema de descontaminación no fuese eficaz, pero se dijeron que, de igual modo, tendrían que quitárselos algún día.

Había sido un gran lunes para los chicos, no solo porque su plan había funcionado con éxito, sino porque además podrían descansar sin hacer guardia o preocuparse por algún animal salvaje. Yo, en cambio, había despertado con una débil luz solar casi blanca; seguía adolorido, sediento y hambriento.

Caminaba para salir del parque que, a decir verdad, casi parecía un parque jurásico. Mientras caminaba fui guardando en mi memoria las avenidas y las calles por las que anduve.

Me topé con el imponente Hotel Plaza (ya sabes, el mismo de las películas). Tuvo que haber sido hermoso en sus días de gloria. Seguí caminando hacia la concurrida Quinta Avenida. Por supuesto que no estaba concurrida y en ella había un escenario de locales vacíos, saqueados y olvidados en el tiempo, al igual que yo.

Conforme caminaba, observé mi reflejo en las vitrinas y me pregunté quién era yo, quién hubiese sido en un mundo normal, cuál hubiera sido mi razón de existir en la vida y dónde estarían mi madre y mi padre.

Mis tripas rugían como leones hambrientos y mis pies dolían tanto que sentía palpitaciones cada vez que daba un paso. Necesitaba un descanso con urgencia.

Doblé en la calle 54 y seguí caminando en busca de un banco para descansar, aunque después de haber dormido en el suelo nada me impedía volver a echarme. De pronto, me topé con lo que debió haber sido un deli,[1] y como la puerta estaba a medio cerrar entré a echar un vistazo. El olor era pestilente. La registradora estaba entreabierta, aún con algunos dólares. Encontré latas de Coca-Cola en las estanterías, chips y chucherías con más de cinco años de expiración. No tomé nada de eso, excepto botellas de agua llenas de polvo, telarañas y quién sabe qué más. No me importó quitarme el casco y comencé a beber sin control.

---

1   «Deli» es una abreviatura de la palabra «delicatessen». Son tiendas que sirven comidas frías finas, quesos, carnes curadas, embutidos y sándwiches.

No sé cómo o por qué mi cuerpo comenzó a vomitar agua y más agua de sabor amargo. Sentí mi cuerpo aún consciente caer al suelo. Intenté sostenerme de la nada. Me dije: «por fin estoy muriendo, por fin el virus me está consumiendo».

Cerré los ojos y, de pronto, estaba de pie en una pradera. Comencé a correr y el olor de las flores golpeaba mi cara. Estaba feliz, muy feliz. Quería quedarme en este lugar, donde fuera que estuviese.

Desperté en el frío suelo. Escuché a algunas ratas hablar entre ellas. Una le decía a la otra que la cena llegaría pronto y que sus cien hijos e hijas comerían con ellos. Sé que las ratas no hablan pero, si lo hicieran, sería sobre eso que estarían conversando.

Me incorporé con lentitud y comencé a tomar agua de nuevo, esta vez con mucha más calma y, de inmediato, me sentí bastante mejor. Me metí en la boca algunas golosinas; no sabría describirte el sabor exacto, solo sé que es algo que jamás había probado y pensé que con ellas engañaría a mi estómago.

Encontré una escalera en un pasillo contiguo que no había divisado antes. Pensé que si subía a un segundo o tercer nivel podría hacerme una idea más general de dónde ir o, mejor dicho, a dónde no, pero mi vista se vio bloqueada por naturaleza y edificios, así que la única manera de ubicarme era volviendo a las calles y explorar.

Sabía que los recortes de periódicos decían que se habían construido cuatro puntos de refugiados en la Gran Manzana: Manhattan, Brooklyn, uno en Queens y el otro cerca del monumento del Vessel.

Tenía que llegar a alguno de esos lugares a como diera lugar. Mi plan consistía en seguir caminando por las calles y lugares abiertos, no en medio de edificios ni debajo en el subterráneo. Estando arriba podría ver todo o, mejor aún, alguien podría verme.

Pensé en prender fuego para hacer una señal, pero en medio de todo este bosque y los edificios tendría que incendiar el Empire State para que me notasen y, evidentemente, no haría nada con eso.

Lo cierto era que no entendía muy bien por qué seguía con vida, sobre todo después de haber visto por mucho tiempo en la televisión cómo la gente caía a causa del virus. Yo mismo vi morir así de rápido a Rodríguez.

Mi cuerpo, con o sin virus y hambriento, se negaba a partir. Quizás no era mi momento, o quizás estaba agonizando sin saberlo.

Algo que jamás le conté a nadie, ni siquiera a mis amigos (probablemente por vergüenza) es que sentí ganas de cocinar una de esas ratas gigantes que hay en la ciudad, ponerla al fuego y comérmela. Luego quizás vomitaría por lo asqueroso de la escena, pero en condiciones como esta, la solución era extrema.

La noche se acercaba. De tanto caminar sin rumbo fijo llegué a Park Avenue. Me pregunté si mis amigos habrían pasado por estas mismas calles y si también habrían pensado en comer ratas. Pasé la mayor parte de ese lunes hablando con mi reflejo y cantaba canciones sin ritmo sobre el virus.

Llegué a decirme que esta libertad en soledad era incluso peor que el encierro en compañía.

Durante mi caminata intenté revisar los autos abandonados, la mayoría cerrados con seguro (quizás los dueños tenían la esperanza de recuperarlos pronto) y los que estaban abiertos se hallaban corrompidos.

Pensé en la gente que no nació y creció en un búnker como yo. A mí nunca me hizo falta dinero ni nada material, así que al ver todo esto a la intemperie no se despertó en mí ningún tipo de placer de posesión.

La cabeza comenzó a dolerme de nuevo y entré a la primera casa que vi para descansar un poco y pasar la noche.

En el lugar había un bonito sofá, olía a viejo y encerrado; una bruma casi invisible acompañaba el ambiente. La sala estaba tan sucia que se podía dibujar con el dedo y juntar el polvo como para hacer un muñeco. Había juguetes en el suelo, dispersos en varias direcciones. La nevera estaba abierta y en su puerta una foto estaba sostenida por un imán. En la imagen se veía a cuatro personas muy felices. El padre, latino, de unos cincuenta años, y la madre, quizás australiana, de unos cuarenta y tantos, junto a dos niñas pequeñas, una de cerca de seis años y la otra de unos nueve. Cerré los ojos y deseé en serio que aún estuviesen juntos y felices en donde sea que se hallasen. Sacudí un poco el viejo sillón y me eché en él. Sentí una suave comodidad como nunca había sentido y me entregué al descanso.

Estaba corriendo, escapando de algo amenazador, pero el lugar tenía tantas entradas como salidas. Un laberinto. Escuché disparos. Yo seguía corriendo y de pronto sentí una bala atravesar mi cuerpo. Apenas toqué el suelo desperté con un sobresalto.

«Qué hermosa manera de comenzar el día», dije para mis adentros.

Salí de la casa en donde pasé la noche, esta vez con dirección al norte, esperando encontrar alguna pista que me llevase hasta los chicos. Había tomado la foto de aquella familia feliz y la llevaba conmigo en uno de los bolsillos. Dejé escrito en la puerta de la nevera «Número 10», para que mis amigos, si pasaban por allí, vieran que seguía con vida y me siguieran buscando. Claro que las probabilidades de que ellos encontrasen este apartamento eran casi remotas, pero valía la pena seguir creyendo.

Caminé con la esperanza y la convicción de llegar a mi destino. Entré a algunas tiendas y farmacias sin mucho éxito; solo encontré agua, carne disecada y barras energéticas con sabor a vómito. Lo más interesante fue hallar un enorme, en serio muy grande, panal de abejas. Jamás había visto uno y me pregunté si la miel sería tan amarilla como el oro y tan dulce como un caramelo.

—CHRONES —dije a viva voz.

—Bienvenido, Dino. ¿En qué puedo ayudarte? —dijo el asistente virtual.

—¿Cuál es la probabilidad de morir atacado por abejas usándote como protección?

—Según mi diseño de fábrica, las posibilidades son de 0,00038 %. Soy capaz de desviar una bala y solo sentirás un golpe bastante soportable. Aunque las abejas tienen un aguijón fuerte y muy delgado, suponiendo que pudiesen traspasarme, solo te alcanzaría una de cada cien, así que creo que sobrevivirás.

—¿Alguna recomendación para hacer caer el panal de abejas?

—Te recomiendo encender fuego y marearlas con el humo; las confundirás y se te hará más sencillo el trabajo.

Así pues, regresé mis pasos unos cuatrocientos metros a lo que en su época fue un Duane Reade[2] en busca de una caja de cerillas. Papeles era lo que sobraba en esta fría ciudad.

Tal como el sistema virtual había dicho, el humo había hecho salir a las abejas de su panal. Tomé con mis manos lo que había sido su colmena, desprendí una parte y salí corriendo tan rápido como pude entre las casas y callejones. Ninguna alcanzó a clavar su aguijón en mí.

---

2 Cadena de farmacias y tiendas de conveniencia.

Por otro lado, los chicos ya habían emprendido camino en busca del siguiente punto de refugio. Se llevaron de aquella casa un bolso escolar (seguramente de un niño), lo llenaron de analgésicos, cuchillos, artículos de cocina y la poca agua que tenían hervida y lista para beber.

—Al paso que vamos, terminaremos comiendo ardillas o ratas —dijo Miguel.

No había motivo para extrañarse de aquel comentario, después de todo era cierto. Había que hacerse con lo que la naturaleza que les rodeaba les ofrecía.

Lo intentaron varias veces, pero sus trampas eran torpes y sus carnadas poco apetecibles para las astutas ardillas.

Tanto Miguel como Pee y Will eran pésimos cazadores, pero los gemelos habían capturado un par de cachorros. No eran tan grandes, pero al menos tendrían algo de carne en el estómago.

La naturaleza se defendía ahora de sus intrusos y los animales se habían vuelto mucho más listos y menos dóciles.

Caía la tarde (oscurecía más pronto) y el frío se hacía presente, lo que indicaba que había que conseguir refugio pronto.

—¿Creen que Número 10 aún siga con vida? —preguntó Will.

—No lo sé. Dino es un chico listo, aunque de estar muerto espero que esté en un paraíso increíble, sin hambre, sin sed y sin enfermedades. En todo caso, por donde se mire, el paraíso prometido suena mucho más agradable que esto —respondió Andrés, señalando el desastre de planeta en el que vivían ahora.

—No sabía que también eras creyente —intervino Miguel.

—Lo somos —dijeron los gemelos.

—¿En serio creen en la vida del otro lado?

—Sí creemos, y siempre se puede elegir vivir o morir para siempre. Cielo o infierno, dos cosas tan reales como tú y yo. Tú escoges si tomas el boleto o no. Ambas opciones son gratuitas, solo debes elegir —finalizó Andrés.

Todos guardaron silencio total, pero el trabajo estaba hecho. Los gemelos habían implantado la semilla y solo faltaba que Dios la regara cada día para hacer florecer la fe y la esperanza de un nuevo amanecer.

Yo, por mi parte, seguía caminando con dirección al norte. De vez en cuando me retiraba el casco y llenaba mis pulmones de aire contaminado. Nada ocurría. No me malentiendan, no estaba intentado morir ni mucho menos, es solo que no sentía nada, nada a excepción de la batalla de rugidos en mi estómago.

A lo lejos divisé una torre que reconocía, la había visto antes en televisión y muy cerca de donde muchos años antes habían estado las torres gemelas del World Trade Center. Me había parecido cercano el camino, pero no lo era. A menudo perdía la vista del gigantesco rascacielos entre los árboles y los demás edificios. Mi estómago seguía rugiendo y yo le seguía dando agua con sabor a cloro. Cuando me sentí ya muy cansado supe que había llegado la hora de buscar un lugar para dormir y pasar la fría noche.

—¿Podrías dejar de roncar, Número 12? — se quejó Will entredormido.

—No es mi culpa tener el sueño pesado —respondió el grandulón.

Mientras, los gemelos se estiraban haciendo crujir los huesos de la nuca y la espalda, adoloridos por la incómoda posición.

—Ya es hora de despertar —dijo Miguel aplaudiendo—. Si mis cálculos no me fallan y el mapa no me engaña, hoy deberíamos estar cerca de Alfa 4.

—¿Y que hay con Alfa 3? —cuestionó Pee.

—¿Quieres caminar solo hasta Queens? —respondió Carpio.

—De hecho, hermano, me parece que no lo construyeron —le contestó su gemelo—. Se cree que hicieron los refugios con número pares, a excepción de la sede principal que contaba con Alfa 1 y 2, que entiéndase, es de donde logramos escapar —concluyó Andrés.

—Esa es la hipótesis oficial, y si consideramos que vamos en mal camino entonces supongo que vamos muy bien. Quizás estamos a dos o tres horas a paso normal, sin contar que tenemos que recargar provisiones en caso de que…—dijo Carpio.

—De que no hallemos nada —completó Will con desgano.

Ya era bastante complicado andar sin un rumbo exacto, imagina sin comida o agua suficiente, por no mencionar lo complicado que era hacer del cuerpo o lavarse con cualquier trapo húmedo para no malgastar agua. Afuera todo era bastante diferente en nuestro mundo. Y cuando digo «nuestro» me refiero a esta parte del hemisferio terrestre. Por el día hacia un sol inclemente y por la noche un frío de muerte.

A media tarde los chicos seguían a paso firme y decidido. Pee, de vez en cuando, cantaba alguna que otra cancioncilla y Miguel le espetaba que cerrara la boca. Los gemelos hablaban poco y solo se les escuchaba reír de vez en cuando a causa del desespero de Miguel tratando de callar a Pee mientras llegaban al siguiente búnker.

Mientras tanto, mi amigo Will iba dejando marcas por dondequiera que iban. Las paredes y los árboles estaban decorados ahora con la señal «Alfa 2» para que yo pudiese notarlo y la usara de guía para llegar a donde sea que ellos estuviesen. Desafortunadamente, yo estaba lejos de caminar por aquellas calles. Me había desviado tanto que temía que ellos jamás me encontrarían.

Caminé por una calle ancha y desolada. No sé cuál era en realidad ya que no había señalizaciones. No había nada, solo brisa y olor a sodio.

Se acercaba a mi vista una figura monumental. A cada paso que daba, se alzaba más grande e imponente.

Frente a mí estaban los restos de lo que había sido un centro comercial, sin embargo, solo se trataba de un lugar sucio, vacío y corrompido por tanto sol y lluvia, frío y calor, y obras de mantenimiento. Los grandes ventanales estaban completamente rotos, las tiendas saqueadas y reinaba una tristeza abrumadora.

Al principio dudé si debía entrar o no, pero al final decidí que iría. Pensé que si subía al piso más alto de ese edificio, al menos tendría una pizca de idea de cuál dirección tomar.

Debo admitir que por dentro aquel edificio no lucía tan mal como por fuera, aunque el olor a viejo y a orina de ratas seguía presente. Creí que para este punto ya mi olfato estaría adaptado a aquella inmundicia, pero quién podría.

Comencé a silbar una canción que me gustaba desde hacía muchos años. Quizás oíste hablar del Titanic y del trágico pero real y eterno amor entre Rose y Jack.

El eco en aquel lugar retumbaba con fuerza y mi silbido viajaba por cada pasillo y rincón del centro comercial.

Subí hasta el último piso hasta casi tocar el tragaluz que había por techo. Se podía observar todo y mi mirada se quedó perdida en el horizonte. Observé el mar, la marea se agitaba constantemente y golpeaba con fuerza lo que tocase y, un poco más allá, casi donde la vista se rompe, encontré la famosa estatua de la libertad.

No debí haber tenido más de diez minutos de estar parado allí cuando sentí oscurecerse mi mirada, tanto como cuando la noche se tragaba al sol.

No tenía puesto el casco en ese momento, así que perdí la conciencia. Mi último pensamiento, o mejor dicho, las últimas imágenes en mi mente, fueron del agua, la paz y la muerte.

✳✳✳

Los chicos, por su parte, seguían andando sin parar. Miguel los alentaba de una manera poco convencional, o quizás irracional; si escuchabas de cerca sus alentadoras palabras, parecerían más bien amenazas.

—¿En serio seguirás dejando rastros nuestros por donde quiera que vayamos? —dijo totalmente irritado.

—Si nuestro amigo Dino sigue con vida, ¿cómo se supone que nos encontrará? —le contestó Will.

—Tu fe es admirable, Número 3 —agregó Pee.

No malentiendan a Miguel, así era el grandulón, nunca demostraba sus sentimientos. Sé que me extrañaba y ese pequeño corazón de pollo intuía que yo seguía con vida y que los estaba buscando.

—Si mi mapa está en lo correcto, a tres cuadras y a mano izquierda nos toparemos con el Vessel. Justo al cruzar la calle deberíamos encontrar el refugio —concluyó Miguel.

Antes de terminar el recorrido, decidieron hacer una fogata y cazar un par de pichones. Después de todo, irrumpir en el bosque solo porque sí tampoco era una increíble idea, pero en un sentido general todo lucía como un bosque aunque sin serlo. Los chicos querían aguantar un par de horas o quizás días estudiando el perímetro y observando el comportamiento del lugar hasta encontrar el momento exacto para entrar al búnker.

Mientras mis amigos acampaban, yo desperté, abriendo los ojos con pesadez y dificultad, intentando comprender qué había sucedido. El mundo giraba a mi alrededor y un punzante dolor en mis muñecas se hizo presente para hacerme entender que me encontraba amordazado.

—¿Quién eres? ¿Quién te envió? ¿Cuál es tu nombre? No les tengo miedo a los agentes como tú, aunque estés un poco... ¿Acaso no estás muy chico para ser un agente? —me interrogó la voz de una chica.

Ella llevaba la cara cubierta con una camiseta, pero sus ojos oscuros y profundos revelaban la belleza y la rudeza de su rostro. No era más alta que yo, pero tenía brazos fuertes y contorneados. Su voz, por muy ruda que quisiera sonar, escondía detrás una dulzura mezclada con miedo que se quebraría con facilidad. Mi mente y mi cuerpo no pudieron evitar volver al pasado, cuando aún estaba en los brazos de mi madre y me contaba hermosas historias de un mundo y de una vida que jamás conocí. Si esa mujer fuese mi madre, luciría al menos de cincuenta y tantos y me habría reconocido. Pensé entonces en el último día que la vi. Me dio un beso en la frente y me dijo que fuera fuerte.

—No... no entiendo de que estás hablando, yo... yo solo estoy buscando a mis amigos.

—¿Quiere decir que vienen más como tú? —dijo la chica con voz alarmada—. Mejor ve acostumbrándote al hambre, porque será ella la causa de tu muerte, así que removeré tu traje de contención para que... —en ese momento la chica enmudeció, no sin antes haber conteniendo un gritito con las manos al darse cuenta de que yo no traía puesto mi casco. Si no ¿cómo pudo haberme dejado inconsciente con aquel golpe en la cabeza? Al igual que yo, ella tampoco llevaba un casco y seguía con vida.

Yo también me había percatado de aquel detalle, así que me adelanté y tomé la palabra.

—¿Por qué mejor no me desatas y hablamos con calma? Yo no soy un agente de... yo solo me he perdido en tu mundo, un mundo que es ajeno a mí, o quizás soy yo el ajeno en su mundo, señorita. Yo crecí en un búnker, no había visto nunca la luna o el sol o el mar, y mucho menos había respirado el aire libre, aunque contaminado. Yo...

—La brisa no es el problema. No es el aire el que contamina el sistema humano, sino el agua. Hay que cuidarnos del agua, inclusive de la lluvia.

Entonces mi mente viajó al día del escape y entendí cómo se había contaminado Rodríguez. Él no había muerto por haber respirado el aire, sino que, en medio de la pelea, abrieron una puerta y, al caer al suelo, el agua acumulada invadió su sistema ya que él no estaba cubierto.

—Entonces... ¿Me sueltas ya, por favor?

Algo en ella se despertó y le hizo darse cuenta de que yo no representaba peligro alguno, y menuda forma de averiguarlo. Aunque, pensándolo bien, yo habría actuado igual.

Una vez desatado, mis muñecas se quejaban del dolor y sentí que la sangre comenzaba a circular de regreso a ellas. La chica comenzó a retirar de su cabeza el trapo que cubría su rostro, un rostro joven como el mío. Era hermosa, de unos diecinueve años quizás, cabello rizado, oscuro y abundante, en verdad muy bella.

—Me llamo Dino —ella seguía mirándome con asombro y sorpresa, como cuando se encuentra un tesoro perdido—, y vengo del búnker Alfa 2. Uno de los tantos refugios.

—Lo sé. Yo también vine de un búnker. Recuerdo que hubo una revuelta y me separaron de mis padres. No los volví a ver. Sobreviví gracias a una amiga, su nombre era Dorothea, ella murió hace cuatro años.

—¿Cómo es que sigues con vida? —quise saber.

—¿Cómo es que tú sigues vivo? —inquirió ella.

Ambos respirábamos a la perfección sin la protección del casco. No podía tratarse de una simple coincidencia y le advertí que quizás haya más personas como nosotros por ahí.

Decidí contarle sobre mis amigos, todo lo que tuvimos que pasar y cómo nos habíamos separado.

Ella seguía sorprendiéndose y maravillándose con todo lo que le contaba, de la misma forma que hago con ustedes. Seguía haciéndome preguntas, pero muchas de ellas eran aún una incógnita.

—Me llamo Dina, por cierto. Extraña coincidencia, ¿no te parece? —moví la cabeza afirmativamente—. Me nombraron así en honor a mi padre.

—También me nombraron así como mi padre y mi abuelo.

Nos levantamos del suelo y ella me pidió que la siguiera. Me guio hasta su guarida, en donde nos sentamos en unas sillas improvisadas hechas de cartón y me extendió una especie de galleta salada, más bien un pan aplanado.

La vida no había sido con ella más suave de lo que había sido conmigo, pero yo había tenido compañía. Al menos su amiga le había enseñado a sobrevivir y a no rendirse jamás.

—Mi padre trabajaba para el Gobierno, por eso cuando te vi con ese traje pensé que eras un agente de la paz. No había visto a uno desde la evacuación, por los años 2023 y 2024, cuando diseñaron el prototipo que traes puesto.

—¿Pero por qué pensaste algo malo? ¿No se supone que ellos protegían a los civiles?

—¿Y por qué crees que llegamos hasta este punto? Ellos comenzaron a dividir a las familias, separando a los padres de sus hijos para hacer pruebas sobre la mutación del virus y de cómo... Bueno, supuestamente hay quienes son...

—Quieres decir que hay quienes son inmunes. ¿Crees que tú y yo lo somos?

—Dorothea siempre me advirtió que sería peligroso admitirlo y que debía mantenerlo en secreto, ya fuera escondiéndome o mezclándome, pero ella dejó este mundo. Escúchame con atención: es peligroso que cualquier persona lo sepa. Los líderes del nuevo orden siempre se enteran de todo.

—Entiendo. Supongo que por eso desaparecían a los niños, solo para que el nuevo orden se hiciese con más poder y controlara a todos con el miedo. Nunca iban a elaborar una cura propiamente dicha a la cual la humanidad tuviera acceso.

—Piénsalo, Dino. La población ya se ha disminuido mucho en todo el mundo y las naciones más poderosas pelean por el control: Rusia, Estados Unidos y China.

—¿Qué edad tienes? —pregunté sin pensar.

—Veinte. Cumpliré veintiuno en un par de días.

—Yo también cumpliré un año más en unos días.

Era una locura, pero los dos cumplíamos años el 28 de noviembre. La noche cayó y seguimos hablando. Ella recordaba cosas y de pronto se quedaba callada, entonces yo retomaba la historia o incluía más vivencias de mi vida pasada. Me sentía a gusto con ella y abierto a platicar de lo que fuese. Yo vivía libre en un confinamiento subterráneo y ella vivía encerrada en una libertad terrenal.

—Deberíamos partir mañana y comenzar a buscar a mis amigos —sugerí, aunque entendería si ella no quería venir. Pensé que ella no se negaría, pues mis amigos se volverían su familia.

—Acepto con mucho gusto, Dino, pero con la condición de ir a cualquier lado menos a los búnkeres. No son seguros, es mejor ir a la sede de la resistencia. Es el último lugar seguro para nosotros.

Jueves

Los chicos seguían observando la posible entrada del búnker, pero no notaban nada de actividad.

—Está decidido. Entraremos esta misma tarde antes de que se oculte el sol. Yo iré primero —propuso Miguel—. Si algo sale mal, quiero que corran y se oculten. Andrés y Carpio quedarán a cargo de cuidar a Pee y a Will.

Ambos asintieron sin emitir argumento alguno. El único inconveniente era que, para llegar al búnker, no solo los dividía una ancha calle, sino también un medio puente hecho de troncos que se perdía en la boca del océano. Lo que quizás Miguel ignoraba era que, a medida que la luna se alzaba, también lo haría la marea, y no contaba con el peligro que el agua representaba.

Mientras tanto, Dina y yo preparábamos lo necesario para partir. No nos marcharíamos al otro lado del mundo, pero sabíamos que sería una larga caminata. A la otra mitad de la ciudad, para ser exactos.

En nuestras horas de camino solo nos deteníamos para hidratarnos o para reposar los pies. Las calles estaban muy agrietadas, como si pequeños sismos las hubiesen hecho separarse. Cual venas, esas grietas dejaban fluir hilos de agua provenientes de aquel ancho mar.

—¿Cómo era tu vida antes de…? Me refiero a aquel día. Quisiera saber más sobre tu familia. ¿Tenías hermanos? —pregunté sin tapujos.

—No —respondió con melancolía—. Éramos mi padre, mi madre y yo. Dorothea era mi amiga y mi nana. Mi madre era una respetada doctora. Amaba leerme historias antes de dormir, al menos cuando no estaba atendiendo pacientes. Por supuesto, estaba trabajando en una posible cura. Cuando mis padres fueron reclutados para trabajar en los búnkeres, hubo una confusión. Yo me encontraba fuera con Dorothea y, cuando regresamos a casa tras el sonar de la alarma de pánico de la ciudad, supimos que había comenzado la evacuación mucho antes de lo esperado —ambos hicimos silencio hasta que Dina me preguntó qué había pasado con los míos.

—Mi madre me dio a luz en el centro médico del búnker y a mi padre no lo conocí, pero solía decirme que me parecía físicamente a él. Ella también me contaba historias antes de dormir, igual que tu madre —una sonrisa extraña se dibujó en mi rostro—. Creo que es típico de madres hacer cosas como esas, ¿no crees?

Nos detuvimos una última vez bajo la pacífica sombra de un árbol para comer carne seca y un poco del pan aplanado que Dina había hecho.

Le hablé de mis amigos de nuevo para recordarle sus nombres. Le hablé de la peculiaridad de Pee (su narcolepsia) y su graciosa cara. Le hablé de Will y de sus innumerables fobias, pero también de sus virtudes. Le hablé de Miguel y de la forma en cómo siempre nos cuidaba. Le hablé de los gemelos y de sus robóticos cuerpos por tanto entrenamiento.

La conversación no había sido tan larga, pero sí entretenida, y ella parecía maravillada y ansiosa por conocer más personas. Por supuesto que el trayecto no se acortaría, pero sí se había hecho más ameno.

Ella me había compartido las memorias que tenía con su familia y cómo pasó mucho más tiempo con su padre que con su madre, lo opuesto a mi caso.

Mientras seguíamos caminando, mi vista se desviaba hacia la chica. Dina era realmente hermosa, me sentía a gusto con ella, muy cómodo, de una forma que para ese momento era inexplicable. Creo que era recíproco, porque varias veces la descubrí mirándome.

A pocos minutos de haber doblado en una pronunciada curva llena de maleza, divisé el famoso Vessel.

Aunque sabíamos que subir allí podría ser peligroso, serviría para tener una vista perimetral del terreno; de igual manera, si el mapa estaba en lo cierto, debíamos estar cerca del refugio.

—Bien, ya llegamos al punto que me dijiste. ¿Y ahora qué?

—Se supone que el búnker queda del otro lado de la calle, es solo que ya no hay calle sino… agua —dije tras una pausa desanimada.

—Agua —repitió Dina.

—Quizás me confundí. Quizás el búnker ya no existe, o quizás nunca existió.

—No. Me refiero al agua —dijo ella señalando al mar—. El búnker está sumergido. Cabe la posibilidad de que esté bajo el agua.

Tenía razón. Cabía esa pequeña posibilidad, o la esperanza de ella. Lo único que se veía era un muelle que el agua había alcanzado a cubrir a medias. Mientras más de noche se hacía, más subía la marea.

Bajamos con paso firme y seguimos caminando entre los edificios en dirección al este, en busca de un lugar para pasar la fría noche y planear nuestra siguiente movida.

—Es desesperante haber hecho todo el recorrido para encontrarnos con nada. Lo siento, Dina.

—No pasa nada, Dino. Todo sucede como debería y no siento que hayamos perdido el tiempo. Míranos ahora, caminamos juntos en vez de solos.

—Sí, tienes razón —dije conforme me sentaba y recostaba mi espalda contra una pared que sentí desmoronarse al apoyar el traje contra ella.

Entre tanto, los chicos seguían vigilantes y atentos a todo el perímetro con la esperanza de ver a alguien entrar o salir del posible refugio, pero nada ocurrió.

—Estoy listo —dijo Miguel.

—¿Estás completamente seguro, Número 12? —quiso saber Will.

Miguel asintió antes de comenzar a alejarse a paso decidido. Will lo alertó, pidiendo que se detuviese. A lo lejos se escuchaba una débil voz, o más bien el eco de una voz, pero cada vez más fuerte y clara, cada vez más entendible y con sentido. Mientras tanto, yo seguía sentado en el suelo en la misma posición que antes.

—Cuidado con las paredes, se han vuelto inestables con el tiempo —dijo Dina extendiéndome su mano para levantarme.

Ella comenzó a limpiar mi espalda y, justo cuando me terminaba de incorporar, un símbolo en la pared tallado a mano y con bastante fuerza robó toda mi atención. «¡Lo sabía!», grité con fuerza. Dina, quien me miraba con cara de no haber entendido nada, de pronto reparó en el símbolo: «Alfa 2». Ambos comenzamos a gritar «¡aquí estamos!» con todas nuestras fuerzas.

De la nada, y como si el eco de nuestras voces pudiese contestarnos, supimos que ya no estaríamos solos. Seguimos corriendo sin dejar de gritar y hacer ruido. Las ratas se percataron del estruendo y salieron disparadas de vuelta a sus agujeros.

—¡No lo creo! —dije con ganas, aguantando el nudo en la garganta, producto de las ganas de llorar al ver que a lo lejos se acercaban las personas a quienes más extrañaba.

—¡Estás vivo! ¡Estás vivo! —decía Miguel sin parar.

—¡Lo sabíamos! —dijeron los gemelos al mismo tiempo, como siempre, y Will y Pee sonreían y aplaudían.

—Chicos, chicos… Quizás no lo hayan notado —dije tratando de calmar los ánimos un poco, y no los culpo, yo también quería festejar verlos con vida—. Ella es Dina —dije señalándola detrás de mí, pero ya la habían notado, después de todo, era la primera mujer de carne y hueso de nuestra edad que habíamos visto.

Miguel tomó la delantera y se le presentó. Luego hicieron lo mismo Pee, Will y los gemelos. Dina los saludó estrechándoles las manos, aunque ella aún no había podido ver sus rostros puesto que llevaban los cascos. Al parecer, los chicos pasaron por alto que tanto ella como yo no teníamos los cascos puestos, así que se los mencioné casi a gritos, haciendo que todos enmudecieran.

—Tenemos mucho que contarles —dije sin más.

Nos metimos a una casa de los alrededores y los chicos hicieron el procedimiento con los cascos del traje. Ciertamente me quedé muy sorprendido al ver cómo habían sobrevivido todo este tiempo.

La pregunta sin respuesta era por qué Dina y yo seguíamos con vida. Los chicos pensaron que quizás todo era producto de la mente y quisieron o sintieron la curiosidad de salir y exponerse sin más al virus, pero les expliqué cómo había muerto Mr. Bigotes y la idea pareció borrárseles de la cabeza.

Teníamos la hipótesis de que el virus solo atacaba a ciertos individuos y a otros no, como Dina y yo, algo raro e inexplicable, pero lo cierto es que no habíamos muerto ante el virus omega.

Dina explicó también su hipótesis sobre el agua al ver que Dorothea había muerto, pero ¿entonces por qué habrían construido un búnker debajo del agua y no encima de ella?

—Ustedes tienen cierto parecido —observó Andrés.

—Ni qué decir de que hablan de forma similar —agregó Carpio.

—Bueno, ya dejen de analizarnos. No somos experimentos —dije con tono cansino. Dina sonrió.

Luego de cenar todo lo que habíamos juntado, reparé con detenimiento en la casa en la que nos albergábamos. Aún estaban los muebles y los colchones de las camas, así como los utensilios de cocina. Todo se mantenía intacto, como si el tiempo no hubiese pasado reclamando su deterioro.

Hablamos sobre varios planes de cómo y a dónde iríamos, pero una cosa era segura: nos uniríamos a la resistencia. Pero ¿dónde se encontraban?

Dina tenía una idea sembrada en su mente: llegar a la sede secreta de la resistencia. Dorothea le había contado todo lo que sabía; real o no, valía la pena intentar llegar a ese lugar. Ella nunca lo intentó sola ya que le aterraba la idea, así que se quedó en ese refugio en donde ella y su amiga habían podido sobrevivir.

Al poco rato, las voces de cada uno de nosotros se fueron apagando y al final también lo hice yo. El sueño no tardó en llegar y me dejé atrapar sin oponerme.

Aquel día despertamos como y cuando quisimos. Dina había abierto varias latas de guisantes junto al resto de la carne seca y el pan sin levadura que quedaba, y compartimos los alimentos.

Ella continuó diciéndonos que tardaríamos al menos un día en llegar a la sede de la resistencia, si es que en serio existía, tomando el camino más largo, pero más seguro. También nos comentó de una vía subterránea más sencilla y corta, pero también más peligrosa e insegura.

Era imperativo encontrar aquel lugar. Nos estábamos quedando sin alternativas. No teníamos tanto alimento, era bastante peligroso cazar y no todas las casas tenían el sistema de descontaminación en óptimas condiciones.

—Dina, me pareces una mujer fuerte y valiente, como yo. No cualquiera podría sobrevivir en las condiciones en las que tú y yo hemos vivido —dijo Miguel para entablar conversación con ella.

—Bueno, yo difiero un poco de tu análisis, Miguel. Tú viviste bajo un techo con ciertas comodidades. Yo me hice de lo que el día me traía, a veces mucho, a veces poco y a veces nada, así que no veo el parecido —respondió ella con seriedad.

Ella seguía hablando con todos y yo solo sonreía. Los gemelos, como siempre, iban por partida doble. Ambos le explicaban cómo habían conseguido comida en las calles y cómo armaron trampas para conseguir pichones. Dina no pareció sorprendida, pero igual les dio algunas recomendaciones de cacería.

Por otro lado, Will la mareó con matemáticas y le dijo que le enseñaría a llenar el sudoku. Pee quiso hablarle en todos idiomas que sabía y, contra todo pronóstico, aquello la hizo reír genuinamente.

—Dino —dijo ella mirándome mientras yo me acercaba—. Si te parece prudente, deberíamos descansar un poco. Necesitaremos reponer toda la energía que podamos y luego podemos registrar algunos almacenes; quizás encontremos agua. Por el sol diría que ya casi darán las cuatro de la tarde, así que pronto tendremos que buscar otro sitio para pasar la noche. Según mi mapa —continuó señalando con el dedo una pequeña marca roja en forma de cruz— aún tenemos que atravesar un puente. Esta vez espero que sí haya paso.

—No te preocupes, ahora estamos todos juntos en esto, y si encontramos o no a la resistencia al menos nos seguimos teniendo.

Ella se limitó a sonreír y pasó su mano por encima de mi hombro. Le sonreí también sin dudar. Ella se sentía tan familiar que casi me provocó darle un abrazo.

En el camino encontramos varios locales y minimercados saqueados por completo, por lo que no tuvimos éxito alguno en nuestra búsqueda de agua o algo comestible.

Seguimos avanzando. Ya nuestra vista se topaba con el gigantesco puente, el Queensboro Bridge, que dividía Manhattan de

Queens. Estaba abarrotado de autos abandonados, muchos de ellos quemados, y cientos de neumáticos por doquier. El sol seguía muriendo. Pronto llegarían el frio y la lluvia y no podíamos arriesgarnos a tal exposición, aun teniendo puestos los trajes.

Comenzamos a atravesar el cementerio de autos primero en línea recta y luego en zigzag, lo que ralentizó demasiado nuestro paso.

De pronto escuché un ruido extraño proveniente de mi lado izquierdo y pensé en las ratas haciendo de las suyas, pero me seguía sintiendo observado y nada cómodo entre tantos autos abandonados y corrompidos. Aquel extraño sonido volvía a repetirse en mis oídos varias veces hasta que mi cerebro lo reconoció. Eran pisadas. Me acerqué a Dina y le advertí del sonido, ella asintió y me alentó a que siguiéramos caminando más deprisa. Los gemelos iban un poco más adelante, mientras que Pee, Will y Miguel venían a tan solo unos pocos pasos detrás de nosotros.

—Oye, Andrés —dijo Carpio llamando la atención de su gemelo.

—Dime…

—¿Estás pensando lo mismo que yo? —ambos sonrieron.

—¡Competencia! —dijeron al unísono.

A continuación, los gemelos se subieron al techo de dos autos, uno a cada lado, con la idea de saltar de vehículo en vehículo hasta llegar al final sin caer ni resbalarse o si no tendrían que volver a comenzar. No les niego que hubiese sido divertido verlos realizar con éxito aquella competencia, pero de pronto Andrés gritó «Creo que he visto algo o a alguien en aquel auto», y su gemelo corroboró aquella información diciendo lo mismo y señalando muy detrás de nosotros.

Tanto Dina como yo nos incorporamos a los demás para poder ver lo que ellos estaban observando. Si era cierto que había alguien allí, ¿por qué no se había acercado aún? La verdad no pudimos distinguir la forma exacta de aquella persona pero, lógicamente, si no parecía una persona entonces no lo era. Aquella cosa seguía mirándonos con fijeza. Nos dejó ver sus colmillos y echamos a correr despavoridos.

No era uno, sino tres perros gigantes como lobos, o quizás una mezcla de ambos.

Les había mencionado que habría sido genial ver la carrera entre los gemelos, pero no pensé que todos seríamos parte de ella, pues literalmente tendríamos que correr por nuestras vidas.

—¡Suban a los techos y salten desde allí lo más rápido que puedan! —chilló Andrés.

Los perros venían por nosotros a toda marcha, ladrando y rasguñando, con la vista clavada en sus presas.

Pensé que separarnos sería la mejor idea y así se los hice saber a mis amigos pero, inteligentes o cegados por el hambre, aquellos animales captaron lo que dije e hicieron lo mismo. Uno nos perseguía a Will, a Dina y a mí, otro iba detrás de Miguel y a Pee, y el último seguía a los gemelos.

Los perros lobos brincaban y mordían lo que se les atravesara, intentando alcanzarnos con sus escuálidas y huesudas patas. Les salía baba putrefacta y oscura de sus fauces con cada ladrido. Me provocaban arcadas.

—¡Dina! —grité mientras ella perdía el equilibrio, resbalando del techo de uno de los autos hasta caer. Automáticamente, me lancé para ayudarla a ponerse de pie y seguir corriendo, pero ya en el suelo estábamos en territorio enemigo y los perros tenían la ventaja.

Divisé un auto con la puerta trasera abierta, tiré con fuerza del brazo de Dina y entramos sin cerrar la puerta tras nosotros. Will sirvió de carnada. Entró al auto justo después de nosotros y el perro lo siguió por instinto. Mientras gateaba hacia el otro extremo, el animal lo alcanzó y clavó sus dientes en la pierna de mi amigo, quien chilló de dolor, lo que no le impidió darle una patada en el hocico para que lo soltara. Dina abrió la puerta contraria del auto y tiró de Will con todas sus fuerzas.

—Andrés, ¡golpe final! —le gritó Carpio a su hermano.

—¡Mortal doble!

Los gemelos estaban siendo perseguidos por el perro más viejo, quizás el que más experiencia tenía cazando.

El perro les pisaba los talones. Aullaba, ladraba y tiraba mordidas desesperadamente pero sin éxito alguno. Los gemelos hasta parecían disfrutar del momento, pues maniobraban con gracia y agilidad la situación. De pronto, ambos se posicionaron en la misma fila de autos, casi al borde del puente. La bestia los tenía en la mira y estaba lista para saltar y atacarlos. Se lanzó con fuerza hacia Andrés y, como en cámara lenta, Carpio se elevó en el aire, apoyándose en el pasamanos del puente, y golpeó al perro por un costado, empujándolo fuera de la baranda y haciéndolo caer al vacío.

El perro que perseguía a Pee y a Miguel se vio solo y rodeado por todos. Aulló con fuerza y dio marcha atrás tan rápido como había aparecido.

—Mejor salgamos ya de este maldito puente. No quiero más sorpresas como esta —dijo Miguel, jadeante.

Una vez que llegamos al otro extremo supe que habíamos pasado de una ciudad a otra, así que era momento de buscar refugio y, con suerte, algo de agua.

—Escuchen —dijo Dina pidiendo que hiciéramos silencio. Era el sonido de pichones.

«Tenemos al menos una cena», pensé. Pero encontramos más que eso. Había nidos, nidos con huevos, y recogimos cuantos pudimos.

Entramos a una casa no muy lejos del puente. Esta vez dormiríamos en el suelo. La vivienda estaba completamente vacía. Como si jamás nadie hubiese estado allí.

—¡Qué día! —dije aún atónito y con el susto y el nerviosismo aun recorriéndome el cuerpo.

—De locos —dijo Will.

—Yo no tuve ni un poco de miedo —aseguró Miguel. Todos comenzamos a reír y él también se unió al concierto de carcajadas.

—¿Vieron cómo lanzamos a esa cosa fuera del puente? —dijo Carpio haciendo alarde de su logro. Ambos gemelos chocaron sus puños.

—Esas cosas no eran perros ni lobos —dijo Dina en tono muy serio—. Nunca los había visto. Pensé que se trataba de un mito. Había oído hablar de ellos. Aulladores, así les llaman. Son carroñeros despiadados. Fueron creados, un cruce de razas diseñado por el Gobierno cuando el virus no había mutado aún.

—¿Con qué finalidad? —pregunté asustado.

—Dorothea me contó de esas criaturas. Eran usadas como armas para cazar...

—¿Qué cosa? —preguntó Will

—A nosotros —dijo Andrés de pronto.

—No, no a nosotros —rectificó Pee—. A ustedes —dijo señalándonos a Dina y a mí.

Otra extraña hipótesis, pero quizás muy certera. De nosotros siete, los únicos diferentes éramos ella y yo. Los que respirábamos normalmente sin enfermarnos. No sentiríamos ningún síntoma inclusive si tomásemos agua contaminada. Nadie volvió a decir nada, pero sé que tanto Dina como yo nos sentíamos como un blanco de ataque. Un imán para cosas malas.

El sol golpeó cálidamente mi rostro y abrí los ojos. Me dolía el cuerpo, los huesos y hasta respirar. Dicen que dormir es la forma de hacer que el cuerpo se recupere, pero esta vez necesitaba no solo dormir sino en serio descansar.

Me estiré y di dos enormes bostezos. Busqué a Dina con la vista. Seguía dormida. Por primera vez se veía indefensa e inofensiva.

No sé por cuánto tiempo estuve observándola, pero ella abrió los ojos y se conectaron con los míos. Por primera vez me pude ver reflejado en ella, como si nos llamásemos. Ambos sonreímos con complicidad.

—Hola —dijo en un débil susurro.

—Buen día —le respondí.

Ambos nos pusimos de pie y despertamos al resto del equipo. Dina sacó el mapa y lo extendió en el suelo.

—Muy bien. Nosotros estamos aquí —señaló con el dedo— y tenemos que llegar hasta este punto atravesando todo Northern Boulevard hasta Main Street. Contando que hagamos como máximo dos paradas, llegaremos antes del anochecer siempre y cuando no encontremos aulladores.

Salimos de aquella casa y retomamos camino arriba. Durante el recorrido, entramos en un par de negocios en los que encontramos agua por fortuna; solo eso ya era bastante reconfortante.

El sol era implacable de día y el traje hacía que su calor fuese más abrasador.

Nos detuvimos en una casa en donde hicimos el procedimiento para descontaminarla y poder tomar un baño decente.

Dina seguía marcando con una equis los lugares por los que ya habíamos pasado, pero por su expresión noté que algo le molestaba.

—¿Qué ocurre? —pregunté, observando el mapa.

—Es solo que estoy algo confundida. Mira —dijo enseñándome el mapa—: se supone que aquí debería existir esta calle y no la veo en ninguna señalización, o quizás era un camino, no lo sé.

—Recuerda que el mundo que solía existir ya no es igual y lo que hemos heredado es desconocido.

—¿Qué haría Dorothea en un momento así? —se cuestionó Dina en voz alta.

—Bueno, como mi madre solía decirme cuando era solo un niño: «Cuando estés perdido en algún lugar y no tengas un mapa o una señal...».

—«Sigue el camino de la luna al brillar que, desde arriba, el camino alumbrará» —dijo ella completando mi frase—. Eso me lo repitió mi madre tantas veces que...

—Se quedó en tu memoria. Igual que a mí —dije sorprendido y asustado.

Ambos nos miramos con extrañeza y los chicos, quienes nos estaban observando, quedaron más confundidos que antes, pero lo importante era que Dina y yo entendimos que la respuesta estaba justo bajo nuestras narices.

Teníamos el mapa debajo de nosotros, marcado exactamente en el punto al que debíamos llegar. El sol y la luna eran los astros que nos servirían de brújula.

Dina y yo terminamos de recitar el «Poema del viajero perdido y encontrado», que así era como se llamaban los versos que nuestras madres nos recitaban.

«Sigue caminando, al menos quinientos pasos, que cuando el caminante camina derecho se ven brillantes sus pasos. Marca sobre tu izquierda a las siete en un reloj imaginario y, si recuerdas haberte perdido, entonces el último lugar seguro ya habrás encontrado».

—¡Sí! ¡Lo tenemos! —dije con entusiasmo y me lancé a abrazar a Dina en un momento de felicidad.

Pensé que seguir las pistas de un poema que curiosamente Dina y yo conocíamos podía ser tanto fantasía como realidad, pero no me parecía en absoluto una coincidencia. De todas formas, seguimos caminando, contando los pasos y haciendo el recorrido como lo indicaba la canción.

—¿Y bien? —dijo Miguel algo impaciente.

—Se supone que debería estar aquí, pero les dije que esto sería como un tiro a ciegas, lo siento —dijo ella al instante. La verdad es que nadie la estaba culpando, pero valía la pena correr el riesgo de noche con frío, gracias al cielo no llovía—. Dorothea no me mentiría, ella me nombró a muchas personas que estaban dentro de la organización, yo…

—Bueno, también cabe la posibilidad de que la resistencia se haya acabado— analicé en voz alta.

De pronto se escuchó un sonido bastante peculiar. Era como dejar escapar un aire que ha estado comprimido.

Todo se volvió blanco a nuestro alrededor. Gas. Un gas que imposibilitaba nuestra visión. Los sonidos de pisadas se oían cada vez más y más cerca, y muchos trajes como los nuestros comenzaron a surgir. Quizás nos habían drogado, hasta yo me sentía mareado. Vi a Dina caer al suelo y ser tomada por uno de los agentes de la paz o como sea que se hicieran llamar, o quizás era la resistencia, no había forma de saber nada. Cerré los ojos, perdí el conocimiento y me entregué a lo desconocido.

Abrí los ojos. Sentía frío, mucho frío. Estaba desnudo, acostado dentro de una especie de cápsula. Mi corazón comenzó a latir con mucha fuerza. No solo estaba asustado, sino que estaba literalmente encerrado.

Luces blancas brillaban con intensidad. Comencé a patear y a gritar como un loco.

Escuché gritos de mujer. «Dina», pensé. Estaba cerca de mí, podía oírla.

Mi cápsula se abrió lentamente y dejé de gritar. Me incorporé y me senté. Tenía frente a mí a un hombre de unos cuarenta y tantos años. Vi a Dina sentarse en la misma posición que yo y con mi misma expresión. Estupefactos, confundidos o ambas cosas.

—Increíble —dijo aquel hombre con voz gruesa e intimidante—. Soy el oficial Gary, es un placer saludarlos por fin. Ustedes…

—No somos parte de ningún grupo, mucho menos del Gobierno. Nosotros solo queríamos…

—Lo sabemos, muchacho, tranquilízate. Solo déjame terminar —dijo el hombre sin dejar de mirarnos—. Esta cámara de purificación no arrojó ningún agente extraño o peligroso en sus cuerpos, lo que significa que…

—¿Y mis amigos en dónde están? ¿Qué han hecho con ellos? —volví a gritar.

—Ellos están bien. Sabemos quiénes son y los hemos estado esperando desde hace mucho tiempo —aquel hombre sonrió, pero no con malicia, sino como dándonos la bienvenida a casa—. Tomen una bata y cúbranse, los estaré esperando al otro lado de la puerta. El presidente del complejo y líder de la resistencia quiere verlos.

Dina y yo hicimos lo que el hombre nos pidió y lo seguimos por aquel largo pasillo. Bajamos una escalera y llegamos a un subterráneo bien iluminado que había sido parte del Metro de Nueva York.

El hombre sacó de su bolsillo una tarjeta electrónica. La acercó a la pared y se abrió una puerta para que pudiésemos pasar.

—Adelante, por favor —dijo invitándonos a pasar con la mano extendida.

—¡Miguel! ¡Pee! ¡Chicos! ¿Están...?

—Bien. Estamos bien, Número 10 —dijo Will.

—No entiendo nada —dijo Dina.

—Chicos, tranquilos. Hemos despertado antes —respondió Will muy calmado—. Creo que deberían tomar asiento, lo necesitarán, créanme.

Al cabo de un rato entraron cuatro personas con trajes como los que solíamos usar y se pararon justo frente a nosotros.

—Bienvenidos al Complejo Alfa. Yo soy el presidente —dijo uno de los hombres quitándose el casco y clavando su mirada en Dina y en mí—. Dino, Dina. ¡Qué grandes están! Mi nombre es Dino, pero mejor llámenme papá.

—Espera. No entiendo. Dijiste que eras… entonces Dina y yo…

—Sí, son hermanos, y sí, son mis hijos.

En aquel momento me comenzó a faltar el aire. Eso explicaba muchas cosas: cómo me sentía cuando estaba cerca de ella, el que supiésemos el mismo poema, el parecido que teníamos…

Nuestro padre seguía con vida. Yo tenía una hermana. ¿Dónde estaba nuestra madre? ¿Por qué nuestro padre no nos había buscado antes? ¿Cuál era el objetivo de la famosa resistencia?

—Sé que deben tener muchas preguntas, prometo que todo tendrá sentido muy pronto, pero lo más importante es comenzar a prepararnos para cambiar lo que está mal en el mundo, y ustedes son la clave.

Uno de los oficiales, el más alto de todos, nos escoltó a una sala oval que pertenecía a mi padre. El nombre del oficial era Mr. Gulotta. Otros dos fortachones vigilaban la puerta como centinelas. El de la izquierda se llamaba Andras, tenía los brazos tatuados y un acento muy marcado al hablar, quizás del Medio Oriente. El de la derecha era más delgado y de cabello abundante y oscuro. Su nombre era Aparicio. Ambos eran de rostros amables.

Mi padre seguía observándonos con sorpresa, se podría decir que hasta aliviado, en cambio, yo me sentía confundido y enojado. Tenía mucho que procesar, mucho que preguntar y no tenía ni idea de dónde comenzar.

Pensé en mi madre diciéndome siempre «te pareces a tu padre». Yo no encontraba ningún rasgo parecido, a excepción de un lunarcito justo debajo del ojo izquierdo que también tenía Dina.

Mi mente jugaba, o más bien confabulaba con mis sentimientos para generar emociones y sensaciones que mi cuerpo y mi ser no lograban comprender. No sabía si estaba triste, enojado, feliz o agradecido por haber sido rescatado junto a mis amigos, y disgustado de nuevo por la sensación de abandono de todos estos años.

—Muy bien —dijo mi padre, y su voz ronca y serena generó en mi cabeza un destello, casi como un vago recuerdo—. Ahora que están todos aquí aprovecharé para contestar sus dudas. Con su llegada han puesto en evidencia nuestra ubicación, por lo que solo será cuestión de tiempo escapar o ser localizados por los agentes de la paz. Como podrán notar, este lugar no es un búnker y mucho menos una fortaleza, por lo tanto, no es impenetrable; pero por fortuna nuestra tecnología nos ayudará a despistarlos un poco, ya que sus trajes aún tenían activados los geolocalizadores.

—Entonces los lobos… —dije de pronto como si nada.

—¿Qué dijiste? ¿Qué lobos? —preguntó mi padre.

—De camino aquí fuimos perseguidos por lobos o perros, no lo sé, pero eran aterradores y siniestros.

—Aulladores… —prosiguió mi padre con cara de preocupación y voz cansada mientras miraba al oficial Gulotta—. ¿Cuántos eran?

—Tres, al menos —respondió Will—. No sabemos si hay más, pero los acabamos.

—No mueren con facilidad. Son sabuesos genéticamente diseñados para matar. Fue un experimento fallido, su función era rastrear a las personas con un nivel muy leve de infección y así poder detener el avance o la expansión del virus, pero salió mal.

—¡No tiene sentido! —dijeron los gemelos al mismo tiempo—. Si solo persiguen a las personas con el virus, ¿por qué seguimos con vida?

—Porque todos ustedes están infectados —concluyó mi padre—. Pero su carga viral no es transferible y no los matará.

Nuestra cara de estupefacción era casi una expresión cotidiana, después de todo, habíamos sido ignorados casi toda la vida y cualquier información era algo sorprendente y nueva para nosotros.

—No me digan que no se lo habían preguntado ya —continuó diciendo mi padre con frialdad y sentí un poco de repugnancia por su falta de sensibilidad—. Ustedes no morirán al exponerse al virus, ya que tan pronto entra en ustedes, casi automáticamente sus cuerpos comienzan a defenderse. Todos ustedes son el experimento exitoso que nunca se expuso, y los únicos en saberlo fuimos su madre y yo —dijo con orgullo mirándonos a Dina y luego a mí—. Nunca se hizo evidente hasta hoy.

—O sea que lo sabían —dijo Dina con desprecio e indignación—. Dejaron que miles de niños murieran solo para probar en ellos sus experimentos fallidos.

—Se llama ciencia, Dina, y no fue mi elección. Y no, no hubiéramos dejado que murieran niños, también soy padre. Fuimos engañados por los que ustedes conocen hoy como los agentes de la paz.

»En aquellos días, los agentes mantenían a todos los sujetos en custodia y, cuando ellos lo creían pertinente, los exponían a diferentes actividades para probar la resistencia de la vacuna que se estaba desarrollando, pero todos morían. Cuando por fin fueron terminados los trajes, ocurrió algo increíble e inesperado que alertó a los fundadores de la orden, entiéndase, a quienes formaríamos la resistencia.

»Tu madre —dijo mirándome—, una renombrada científica, los nombró «los involuntarios». Sus madres fueron voluntarias para experimentar con ustedes cuando aún eran embriones, de ahí su capacidad de regenerarse y ser más resistentes ante el virus, así como sus cerebros más capaces de sobrevivir. Algunos son muy fuertes —y posó su mirada en los gemelos y en Miguel—, otros son muy buenos resolviendo problemas —y observó a Will—, y otros lo son memorizando o aprendiendo idiomas al instante —ahora vio a Pee—. Quizás es difícil de explicar, o quizás es porque yo no soy doctor o científico, pero…

—¿Qué le sucedió a nuestra madre? —pregunté de golpe, sin medir lo que iba a decir luego, y sentí la profunda mirada de mi padre en mis ojos.

—Con ustedes dos hablaré luego —dijo secamente—. El resto de ustedes irán con Gulotta para que les indique cuáles serán sus tareas y para que conozcan sus habitaciones —hizo una pausa como si intentase recordar algo que se le había escapado varias veces—. Eso es todo por ahora —añadió.

Acto seguido el oficial y uno de los centinelas salieron con los chicos y mi padre nos retuvo a mi hermana y a mí.

—Síganme.

Nos llevó por un largo pasillo parecido a un túnel. Estaba bastante iluminado, pero tenía un penetrante olor a óxido que podía sentir en mi boca. Ni Dina ni yo emitimos palabra alguna y tampoco nos atrevimos a preguntar nada. Si bien teníamos miles de interrogantes, ¿por dónde comenzar? Conforme seguíamos avanzando íbamos dejando puertas tras las cuales seguramente habría más personas. ¿Cómo habían logrado hacer semejante refugio y esconderlo de todo el mundo?

Cuando por fin nos detuvimos, tras haber subido una escalera de caracol, entramos a una hermosa sala oval bien iluminada de tonos rojizos oscuros y marrones. Habían dos muebles de un material gastado parecido al cuero que hacía juego con el negro escritorio. Las paredes estaban tan cargadas de anotaciones, libros y pizarras que apenas se distinguía su color real.

Tomamos asiento en los muebles frente al escritorio donde se sentó nuestro padre. Mi inquieta vista no dejaba de mirar un collage. Mostraba a una familia que debíamos ser nosotros, no solo por el parecido sino también por el indiscutible sello familiar que nos legó mi padre: ese lunar debajo del ojo izquierdo.

—No sé por dónde comenzar —soltó nuestro padre en un soplo.

—A mí se me ocurre algo —dije en tono sarcástico—. ¿Por qué no comienzas por decirnos que le ocurrió a mamá?

—Dino, sé qué crees que… —volvió a suspirar y me dedicó una mirada de lástima. Lo odié—. Lo que tienen que entender es que no somos los malos, y ni su madre ni yo los abandonamos. Al igual que ustedes, nosotros también fuimos traicionados y yo jamás dejé de buscarlos, pero de algo estaba seguro: Dina no estaría sola jamás, y tú… Sé que tu madre jamás te habría dejado sin una pista —dijo con un brillo increíble en sus ojos.

»Cuando supe que me había convertido en un prisionero más del Gobierno entré en pánico. Llegaron a mí con pruebas y diciendo que tanto su madre como Dina y Dorothea habían muerto en el levantamiento. Ustedes no lo recuerdan pero, ¡por amor a Dios!, el pánico se apoderó de la población, y con toda razón, porque no todo el mundo iba a venir a los búnkeres. Esa noche mi corazón se rompió y estuve deprimido por años, nada tenía sentido ya. Comencé a orar cada día para que Dios me reuniera con ustedes.

»Un día como cualquier otro, escuché de algunos agentes que había nacido un niño en Alfa 2 con una anómala habilidad para resistir condiciones adversas. Eso no me indicaba que fueras tú. Uno de ellos preguntó quiénes eran los padres, a lo que el otro agente respondió que no sabía quién era el padre, pero que la madre era la científica del búnker. Mi corazón estalló de alegría y me sentí vivo y con esperanza. Era mi Mitzi, tenía que ser ella. Ahora todo encajaba, al menos yo decidí creerlo así, y me aferré a ello, aunque quizás no fuese cierto.

»En aquel momento decidí que comenzaría a atacar al cáncer desde adentro y empecé a sembrar dudas en las mentes de las personas que trabajaban dentro de las filas del Gobierno. Así, tras años de reclutar personas, nació…

—La resistencia —dijo Dina robando las palabras de la boca de nuestro padre—. Pero eso no explica cómo Thea lo sabía ya, papá.

—Dorothea, ¡cómo olvidarla! Thea sabía todo sobre tu madre y sobre mí. Ella era la guardiana del secreto y sabíamos bien que ella daría su vida por ustedes sin pensarlo.

»Cuatro años más tarde, la resistencia superaba en número a los agentes de la paz que aún estaban en el complejo. Poco a poco organizamos el levantamiento y, en conclusión, nos hicimos con todo lo que pudimos, escapamos y henos aquí en el subterráneo, o mejor dicho, en parte de él.

—¿Y ya? No lo creo. No pudo haber sido tan fácil —dije con incredulidad.

—Nunca dije que fuera sencillo. Murió mucha gente a causa de aquella decisión. No me siento orgulloso de ello, pero me prometí ayudar a quienes pudiese.

—Sí, claro, con la ayuda del señor Sho, ¿no es cierto? —dije de nuevo con desprecio.

—¡Cómo! ¿Quién te habló de Sho?

—Es el padre de Pee —le dije, y además le conté que a mi amigo no le agradaba su padre y tampoco estaba de acuerdo con su pensamiento. También le hablé sobre su tregua con Mr. Bigotes todos estos años.

—Siempre lo supe. Lee era uno de mis mejores amigos. Trabajamos juntos en muchos proyectos, pero ninguno tan comprometedor y ambicioso como el «proyecto búnker» y los trajes especiales. Al principio no sospeché nada malo, aunque Lee siempre fue un poco envidioso nunca noté su ambición de poder. Poco a poco se fue volviendo más impulsivo y quiso inmiscuirse en todas las áreas del proyecto, tanto fue así que no le importó dejar a su familia atrás y ahora es quien lidera la comisión de los agentes de la paz. Yo que tú no confiaría tanto en...

—No te atrevas —dije levantándome de mi asiento y Dina me miró sorprendida—. Conozco bien a Pee, es un gran chico y es mi amigo, pero tú no lo sabes, tú aún no nos conoces —respiré hondamente antes de continuar—. Lo siento, pero nosotros sí somos un equipo.

—Hijo —dijo de nuevo mi padre con voz serena y profunda—. Recuerda estas palabras: la sangre llama a la sangre y Número 1...

—Pee. Ese es su verdadero nombre, no somos números.

—Discúlpame, Pee —dijo mi padre—. Él volverá a su sangre, créeme. Solo es cuestión de tiempo.

—¿Y nuestra madre? —preguntó Dina con un hilo de voz.

—Ellos la tienen —esta vez papá habló con dolor y tristeza—. Creen que podrá realizar una cura o una vacuna o algo así, y antes de que se alarmen —dijo levantando la mano, de seguro supo que yo objetaría algo—, desde luego que hemos pensado cómo atacarlos. No somos tantos como ellos y aquí solo hay una ley, sobrevivir. Por eso cuando mencionaron a los sabuesos pensé que ellos no andaban sueltos porque sí.

—¿Te refieres a que...? —pregunté con miedo.

—Exacto. Nos estaban siguiendo —dijo mi hermana—. Quién sabe desde cuándo. Por eso es que papá dice que debemos estar preparados, ya que si nos siguieron hasta tan cerca entonces quizás...

—Pero aquí hay armas ¿o me equivoco? Dijiste que tienen tecnología —mencioné de pronto.

—Hijo, no hay suficiente armamento, pero tenemos cerebro, y debo estar siempre a la defensiva. Hay mucha gente a la que debemos proteger. A pesar de que estamos en guerra no quiero ser recordado como el asesino de la mitad de la población, o algo peor. De todos modos, mañana seguiremos conversando al respecto —estábamos a punto de levantarnos cuando mi padre chasqueó los dedos—. Solo les diré que, como líder, mi deber es cuidarlos y eso incluye a sus amigos, tienen mi palabra.

Dina y yo asentimos con la cabeza. Si me lo preguntas, en este punto ya me sentía un poco más aliviado.

—Dina, ¿qué le sucedió a Thea? —preguntó mi padre de pronto.

Mi hermana le contó todo lo que había pasado en la noche del levantamiento de su búnker. Thea le había enseñado a sobrevivir hasta que, en la última oleada de los agentes de la paz, vieron a Dorothea saqueando una tienda y la siguieron hasta su refugio. Ella lo sabía, por lo que le dijo a Dina que bajo ninguna circunstancia saliera o hiciera ruido, que pasara lo que pasara se quedara escondida. Dorothea luchó contra dos agentes y, durante el forcejeo, su casco se aflojó, lo que hizo que se contaminara. La dejaron en el suelo muy golpeada y faltándole el aire. Dina, llorando amargamente, estuvo con ella hasta el último adiós. Como pudo llevó su cuerpo sin vida hasta el mar, que se la tragaría poco a poco, hasta perderla de vista.

Dina jamás la olvidaría, así como tampoco a la canción de cuna que nuestra madre le cantaba y que Thea le recordaba cada noche con la esperanza de que la guiara hasta este lugar sana y salva. El último lugar seguro.

—Mañana será un nuevo día y tendremos una visión más clara de lo que haremos. Con suerte encontraremos a su madre.

Nuestro padre nos guio hasta nuestros dormitorios, que para mi sorpresa quedaban justo arriba de la sala oval, oculta por una trampilla en el techo que dejaba caer una escalera. Era un rellano de tres habitaciones lo suficientemente grande para no sentirse enjaulado. Me había maravillado de nuevo, lo que me hizo pensar que era cierto que este hombre no dejó de pensar en nosotros, sino ¿qué sentido tendría haber tenido esa fotografía o estas habitaciones extra?

Un potente sonido como el de una sirena policíaca hizo estallar mis oídos. Me desperté exaltado y caí de nuevo en esta realidad. Me lavé la cara y los dientes y me puse uno de los uniformes que había en la cómoda de la habitación. Salí de inmediato, casi chocando con Dina, quien también lucía un poco atolondrada.

Cuando nuestro padre se reunió con nosotros en la sala oval, marchamos juntos hasta otra sala, a través de los viejos vagones abandonados, hasta el comedor donde tendría lugar el desayuno. Había una larga fila de gente.

Cuando mi padre se acercó a la línea todo el mundo se apartaba cediéndole el paso, no solo a él, sino también a nosotros. Miré a un chico que tenía escrito en su camiseta «Creemos en la causa» e hizo una seña hacia mí, como si se golpeara el corazón.

Busqué a mis amigos con la vista, pero no los encontraba entre tanta gente. Seríamos unos ochenta, sin mencionar a los que no habían bajado aún. «Somos demasiados», pensé.

Nos habíamos sentado en una de las largas mesas de metal hechas de retazos de puertas soldadas entre sí.

—Contándolos a ustedes sumamos doscientos veintiocho personas —me dijo mi padre llevándose una cucharada de huevos estrellados a la boca—. Cuando terminen de desayunar ayudaremos a todos a recoger el lugar, mesas y sillas por igual, para que la sala vuelva a ser una estancia vacía, ya que aquí se dan los anuncios importantes —nos explicó—. La base de este delicado sistema es la honestidad. Es la clave para que todo funcione, eso genera confianza y firmeza.

En la estancia había un reloj gigante. Pensé que quizás había sido parte de alguna torre.

Al igual que en Alfa 2, aquí las actividades eran marcadas por superiores e indicadas por el sistema de altavoces.

Una vez terminado el desayuno, ayudamos a recoger el salón y noté que los platos, vasos y cubiertos sucios terminaban en una caja con agujeros parecidas a pequeños corrales.

La sirena resonó en cada rincón del complejo y los hombres, mujeres y jóvenes (no éramos muchos los que teníamos entre quince y veinte años) llegaron en tropel. La estancia, que minutos antes se veía espaciosa, ahora estaba tan abarrotada que parecía una cajita a punto de romperse.

Mi padre se subió a un taburete al frente de todos y lo acompañaron sus hombres de confianza: Mr. Gulotta, Aparicio, Andras y Don George, todos detrás de él.

A continuación, uno de ellos se puso a la derecha de mi padre y le entregó un megáfono.

—Buen día para todos. Hoy, ejem, ejem —comenzó aclarándose la garganta—. Hoy es un día muy importante. Quizás ya lo saben, mis hijos están aquí entre ustedes. Dios nos ha reunido para ponerle fin a este ciclo de agonía y lucha. Denle la bienvenido a Dino y a Dina —tras aquellas palabras todos nos observaban entre aplausos y vítores. Me sentí escudriñado de pie a cabeza.

»Sí, sí, lo sé, también estoy feliz, pero me temo que el día que tanto habíamos deseado que no llegara está cerca —escuché a muchos ahogar sus gritos, otros ni lo disimularon y unos más se miraban con extrañez y confusión—. Durante la travesía de los chicos a nuestro refugio, fueron perseguidos por sabuesos de rastreo, tres para ser exactos y ya sabemos lo que eso significa. Mientras tanto, hoy todos seguirán con sus actividades como de costumbre, a excepción de nuestros recién llegados a quienes se les han asignado tareas específicas.

Pee había sido enviado a trabajar al centro de cómputo y vigilancia. El encargado le mostraba a mi amigo la red subterránea y el mapa para seguir expandiéndose, enfocados en crear rutas alternas para despistar y también posibles vías de escape que aún no estaban adecuadas. Le mostró además grabaciones de cómo y dónde patrullaban los agentes de la paz.

Will se había unido al grupo que contabilizaba todo el complejo, desde las personas hasta la comida diaria.

Miguel se enroló a la guardia nocturna que, además de ser considerada como los ojos de la noche, tenía acceso a toda la documentación y planes y eran los consejeros políticos hablando de las acciones que mi padre tomaría. Todo lo que se hacía o se dejaba de hacer quedaría escrito en un registro llamado «la bitácora de la resistencia».

Los gemelos se unieron a las defensas del complejo y el entrenamiento físico (nada nuevo para ellos) sería su desayuno, almuerzo y cena cada día.

En cuanto a Dina y a mí, estábamos juntos en el centro de planificación de estrategias.

Yo no me sentía merecedor del tal puesto. Recordé aquellos días en los que todos mis planes fueron burlados y cómo, a pesar de nuestro exitoso escape, seguíamos dejando un margen de error bastante importante. Mi hermana, sin embargo, se movía como pez en el agua.

Me encontré de nuevo con mis amigos en la hora de la cena. Era bastante difícil distinguirlos entre tanta gente, en especial cuando todo lucíamos exactamente iguales, con uniformes grises y holgados.

—¡Chicos! —dije en voz alta—. ¿Cómo están?

Pero antes de que alguno pudiese articular palabra, el megáfono de mi padre se encendió.

—Amigos, familia. Demos gracias a Dios por permitirnos esta cena que alcanzó para todos y los exhorto a no temer por el día de mañana, porque ya todo lo importante lo han hecho hoy. Pueden comer.

Todos volvimos a lo nuestro y, como si se tratase de una ola creciente, las voces comenzaron a hacerse cada vez más audibles.

—¿Qué decías, Número 10?

—¿Cómo?

—Que si piensas que estallará la guerra pronto.

—Creí que ya estábamos en medio de una —dijo Dina.

—No lo sé pero, como dijo mi padre, no se preocupen por lo que sucederá mañana si ya todo lo hemos hecho hoy. Y si la guerra ha de llegar, estaremos tan listos como podamos para cuando suceda —ni siquiera yo supe de dónde habían salido aquellas palabras.

—Por mi parte, aún no he visto nada extraño en la guardia nocturna —dijo Miguel.

—Ni nosotros en las cámaras, aunque estoy trabajando en un nuevo sistema parecido al que usa el casco y le cayó como anillo al dedo al jefe de la subdivisión —añadió Pee.

—Nosotros estamos bien —dijeron los gemelos y mencionaron que aquí se sentían más en casa de lo que se habían sentido en Alfa 2.

Las horas se hicieron días rápidamente y los días se convirtieron en semanas. Los chicos y yo nos enfrascamos cada vez más en nuestras actividades.

Para los gemelos, el centro de entrenamiento era un parque de diversiones. Pilas de cajas para saltar cada vez más alto, aros colgantes y enormes neumáticos para hacer fuerza. En verdad esa subdivisión estaba llena de hombres y mujeres con un estado físico impecable.

—Perdiste, hermano —le dijo Andrés a Carpio en tono serio. Entre ellos, Carpio había sido el primero en nacer, lo que lo hacía mayor—. ¿Por qué estás tan distraído estos días?

—No lo sé, yo… —antes de terminar de articular su respuesta, su mirada se había fijado en una chica blanca de cabello castaño y ojos oscuros llamada Amalik. Aunque delgada, la muchacha en cuestión tenía músculos definidos en sus brazos y un elegante porte al caminar.

—¡Hey! ¿Qué tal, Amalik? —reaccionó Carpio al darse cuenta de que ella se había percatado que la estaba mirando. Andrés bufó y, tras darle un golpecito en la cabeza a su hermano, salió de la habitación.

—¿Qué tal? —saludó la chica, elevando una mano fantasmagóricamente blanca y meneándola con suavidad.

—¿Cómo ha ido tu día?

—Igual que siempre, supongo. ¿A dónde ha ido tu hermano?

—¿Qué? ¿Mi hermano? Ah, no lo sé. Es aburrido… ¿Por qué la pregunta? ¿Te hizo algo? ¿Quieres preguntarle algo? Porque yo podría ir.

—Relájate. Solo lo digo porque ustedes jamás se separan ni un centímetro. Tenía ganas de hablarte desde hace días, pero no había surgido un momento adecuado.

—¿Estás hablando en serio? ¿Y cómo estás tan segura de que soy Carpio y no Andrés? Somos idénticos.

—Quizás para los chicos ustedes son idénticos, pero las chicas tenemos un buen sentido del reconocimiento.

—En ese caso, tienes toda la razón, aunque yo solo había compartido con una chica. Así que…

Carpio y Amalik se sentaron en el rellano de la sala de usos múltiples, que en ese momento estaba completamente vacía.

—¿Cómo es todo allá afuera?

—¿Quieres decir que jamás has salido? Pensé que ustedes como agentes…

—Apenas estoy en la fase de entrenamiento y no tengo permitido usar los trajes especiales.

—Yo tengo uno —dijo Carpio al instante—. Ya sabes, con el que llegué aquí —desde ese momento, su confianza con ella creció como la espuma—. Seguramente oíste hablar sobre ese día. Me enfrenté no solo a un sabueso, sino a tres. Me tenían rodeado, pero fui más fuerte que ese puñado de colmillos y patas de hierro.

—¡Increíble! Así salvaste a tus amigos.

—Lanzamos a esos desgraciados fuera del puente.

Carpio había exagerado un poco la verdadera historia para impresionar a Amalik, pero apenas le habría bastado con decirle cómo era la vida afuera. Se había maravillado tanto con la forma en la que Carpio le había contado la historia que ella quiso verlo por sí misma.

—¿Crees que si te llevo a dar un paseo de un minuto afuera…? Quiero decir, puedes usar mi traje.

—Me parece que nos perderíamos la cena —rectificó ella.

—Lo olvidaba. Ya falta poco. Y si nos vamos ahorita levantaremos sospechas, al menos mi hermano lo notará y es un histérico, créeme. Pero… pudiera ser durante la cena, mira el reloj. Sé que soy jodidamente malo en matemáticas, pero si pensara como Will y la cena comienza a las siete con treinta y termina a las ocho y cuarenta y cinco, incluyendo recoger y dejar todo limpio…

—Si nos atragantamos en diez minutos máximo para no levantar sospechas, podríamos fingir un daño estomacal y…

—¡Sí! ¡Perfecto! —dijo Carpio muy contento—. Entonces dispondremos de otros diez minutos para buscar el traje y diez minutos más para ir y volver. Estaríamos con todos de nuevo a las ocho en punto.

Los chicos se unieron al grupo que se aglomeraba para comenzar a armar el salón para la cena.

—Te estaba buscando. ¿Dónde te habías metido? —preguntó Andrés.

—Estuve aquí todo el tiempo hablando con Amalik. Se conocen, ¿verdad? —Carpio tuvo el impulso de contarle a su hermano todo lo que había planeado, pero decidió no hacerlo. Un sentimiento de culpa se apoderó de su mente ya que jamás le había ocultado nada a su gemelo.

—¿Y de qué hablaban? —quiso saber Andrés.

—Nada importante, Andy. Ven, vamos a formarnos para comer —respondió, evadiendo la fulminante mirada de su hermano quien no se había tragado el cuento.

Se unieron en una de las largas mesas que había en el salón y Carpio pensó que no pudo haber tenido más suerte: el postre era un tazón de avena. Aunque ni a él ni a su hermano les gustaba, comió unas cuantas cucharadas sin pensarlo.

Andrés lo miraba boquiabierto, como si estuviese viendo a un extraño con su mismo rostro.

—Creo que me siento algo indispuesto —dijo Carpio de pronto al ver que su amiga, que momentos antes estaba sentada a dos mesas de distancia, se comenzaba a levantar.

—Pero cómo no, si te has acabado ese tazón de avena y sabes que nunca nos ha sentado bien.

—¿Estás seguro que el virus no te ha afectado ya? —preguntó Miguel y varios estallaron en risas.

—Creo que mejor voy al baño. Con permiso —dijo Carpio haciendo su mejor imitación de un dolor estomacal.

—Voy contigo —dijo Andrés rápidamente.

—¡No! No pasa nada. Termina tu cena —espetó Carpio dándose la vuelta para irse, pero su hermano lo retuvo.

—Insisto, déjame acompañarte, ven…

—¡No, Andrés! Creo que hay cosas que podemos hacer solos, no porque tú y yo hayamos nacido juntos significa que no podamos vivir cinco minutos lejos del otro —Carpio tampoco podía creer lo que acababa de decir y de la forma en que lo dijo, pero ya no había tiempo para disculpas. Andrés volvió a su asiento y todos lo acompañamos en su silencio.

Apenas Carpio hubo escapado del bullicioso mar de gente, echó a correr hacia su habitación para buscar el traje. Minutos después se encontró con Amalik cerca de la entrada principal.

—Póntelo —le indicó Carpio—. No tenemos mucho tiempo. Ha ocurrido un pequeño retraso por culpa de mi hermano.

—Está bien, no pasa nada. Pero ¿y tú? ¿Cómo saldrás sin el traje?

—No te preocupes por mí. Yo soy algo así como muy resistente al virus.

—¿A qué te refieres?

—A que si no nos apuramos, no podrás ni dar un paso afuera sin que nos descubran. Muy bien, detrás de esa puerta está el mundo exterior, pero antes de salir debo hacer algo... CHRONES —dijo Carpio y el casco se activó con todos sus comandos, haciéndose visible antes los ojos de la chica—. Mi amiga Amalik es quien te está portando ahora.

—Bienvenida a CHRONES, tu asistente virtual. Hace una temperatura de 62 grados Fahrenheit y son las ocho y doce, hora local.

—Perfecto. CHRONES, inicia el cronómetro y avísanos en cinco minutos para volver adentro —dijo Carpio de nuevo.

—Iniciando cronómetro —dijo la voz robótica del casco.

—Muy bien. Amalik, es hora de salir.

—Esto es simplemente increíble. Me siento como Iron Man.

La pesada puerta de metal que los dividía del mundo exterior se abrió, permitiéndoles el paso como si fueran viejos amigos, o al menos Carpio lo era.

Amalik no podía creer lo que sus ojos veían y sus palabras no darían crédito alguno, pues tampoco lograba formar una oración que describiese lo que en ese instante sentía. Su libertad, por momentánea que fuese, fue algo muy especial. Era la única experiencia en el mundo exterior que Amalik ha experimentado con completa conciencia.

La chica y el joven se habían quedado admirando la luna plateada que brillaba justo arriba de ellos. Ella rompió esa burbuja para indicar que ya el traje decía que era hora de volver, pero de pronto el sonido de una rama seca al quebrarse entre los matorrales los sorprendió.

—¿Qué fue eso? —preguntó la chica

—No es nada. Quizás fue una rata. Ven, ya vámonos —advirtió Carpio.

Al darse la vuelta, Carpio sintió una mancha negra y peluda abalanzarse sobre su espalda acompañada de un gruñido feroz que lo erizó de pie a cabeza.

Amalik lanzaba puñetazos a diestra y siniestra conforme gritaba y chillaba pidiendo ayuda, pero el perro, que ya había herido a Carpio, seguía mordiendo y rasguñando.

Amalik tomó una roca del suelo y comenzó a golpear en la cabeza al animal, que no soltaba el brazo ensangrentado del gemelo.

La chica logró asestar un golpe con la punta de la roca en el ojo del animal y este emitió un chillido tan agudo que el chico creyó que se desmayaría. Carpio pateó la cara de la bestia, haciéndola tambalearse. En ese momento de flaqueo, Amalik tomó de nuevo la roca y la clavó en el ojo que le quedaba al perro. El animal volvió a chillar de rabia y dolor, preso del pánico por no poder ver: sabía que sería su fin.

—¡Acaba ya con esa maldita cosa! —gritó Amalik, chillando y llorando del susto, no solo por el sabueso sino también al ver a Carpio bañado en sangre.

—¡Ayúdame! —chilló Carpio, quien se había lanzado sobre el lomo del animal y Amalik comprendió lo que el chico intentaba hacer.

Mientras ella tiraba de la mandíbula del sabueso hacia abajo, Carpio lo hacía para arriba. Ambas fuerzas opuestas hicieron su cometido y el sonido de huesos al romperse taladró los oídos de sus ejecutores. El animal se desplomó dejando un charco rojo escarlata a su alrededor.

Carpio no notó más que oscuridad alrededor, y no era la de la noche. Había quedado inconsciente por la falta de aire en sus pulmones, la impresión y la pérdida de sangre.

Un ligero sonido resonaba constantemente en los oídos de Carpio, como el zumbido de una mosca. Su cuerpo se sentía pesado y su consciencia, ligera como una pluma; mientras que el costal de huesos era incapaz de moverse por sí mismo.

—La avena estaba adulterada, supongo —dijo Andrés de pie, al lado de su hermano gemelo.

—¿Y Amalik?

—¿En qué virus estabas pensando? Casi mueres, ¿lo sabías?

—Tú no lo entiendes, Andy. Esa cosa nos estaba acechando.

—Lo que entiendo es que fuiste un insensato y nos pusiste a todos en peligro por una recién conocida que...

—¿Y tú desde cuando eres el mejor siguiendo órdenes, Andrés? ¡Auch! —se quejó Carpio sosteniendo su cabeza.

—Respondiendo a tu pregunta, comencé a seguir órdenes desde que sé que podemos morir. El que podamos resistir al virus mejor que nadie no significa que juguemos con nuestra suerte. ¡Carpio, por Dios! Eres lo único que tengo en el mundo.

Carpio no dijo nada más. Sabía que su hermano tenía razón y que había sido irresponsable.

—Al menos dime que la besaste, para que toda esta aventura haya valido la pena —resopló Andrés para aligerar la atmósfera. Ambos sonrieron.

Justo en aquel momento, abrimos la puerta de la habitación y todos entramos a ver a nuestro amigo, incluyendo a Amalik.

—¡Ya despertó! ¡Ya despertó! —gritaba Will.

—Ya nos dimos cuenta, genio —dijo Pee.

—¿Cómo está? —le preguntó Dina a Andrés.

—Al menos está consciente —contestó el gemelo.

—Estoy bien —dijo Carpio con dificultad.

—¡Me alegra que estés bien, muchacho! —dijo Andras, entrando en la habitación junto con mi padre. Todos guardamos silencio.

—¿Cómo te sientes? —preguntó papá.

—Adolorido.

—Me sorprendería mucho que me dijeras lo contrario. Estuviste dormido por dos días. Perdiste mucha sangre. Tu hermano fue el donante, desde luego. Por fortuna, tu brazo está cicatrizando muy rápido y muy bien, de hecho.

—¿Por qué mi hermano sigue con vida? —preguntó Andrés.

—Pensé que te alegrabas de seguir teniendo un gemelo, Andy —comentó Carpio.

—En efecto, casi muere y no por el sangrado —dijo mi padre—. Si no hubiésemos intervenido a tiempo, el virus te habría matado. Como saben, no son inmunes, solo que sus cuerpos pelean casi de inmediato apenas el virus entra en sus sistemas. A diferencia de Dina y Dino, que sí son inmunes, sus cuerpos no pueden luchar tan rápido contra la exposición continua sin protección. Ahora, cuéntanos todo.

Carpio contó la historia pausadamente con pelos y señales, para que los escribas del refugio pudiesen tomar notas de la aterradora crónica.

—Pero esa cosa… ¿Usted no dijo que era buenos cazadores y que jamás fallaban? —razonó Carpio.

—Los mejores, hasta donde sé —respondió mi padre.

—Me estaba esperando, lo vi en los ojos de ese animal.

—En efecto…

—De hecho —intervino Dina—, me reuní con el equipo de laboratorio y, tras examinar el cadáver del animal, encontramos un microchip y un mensaje muy…

—Dina —dijo mi padre—, eso lo discutiremos esta noche en el gran salón. Todos estaremos presentes, incluyéndote Carpio.

—Entonces es mi culpa que nos encontraran. Lo siento, yo…

—Es cierto. Ahora los agentes de la paz conocen nuestra ubicación —dijo Andras con desesperanza—. La única ventaja sería que, aunque conocen nuestra ubicación, no saben cuántos somos y cuán amplia es nuestra defensa.

De uno en uno fuimos saliendo de la sala de descanso para dejar reposar un poco más a Carpio y darle tiempo de procesarlo todo antes de reunirse con nosotros en la sala donde tendría lugar las palabras de mi padre.

—Dino, Dino —decía Pee corriendo para alcanzarme. Yo iba directo a la ducha y a alistarme para la noche en la que planearíamos cómo defendernos—. Necesito decirte algo.

—Lo que sea puede esperar, Pee. Por si no lo notas, hay una guerra en puertas y yo solo...

—Sobre eso quiero hablarte. Voy a...

—Pee —dije con tono aburrido, pero tenía prisa así que lo corté en seco—. Tengo muchas cosas que hacer, por favor. Lo demás puede esperar.

—No —volvió a insistir con tono seco y serio—. Tu padre me pidió trabajar en un proyecto junto con tu hermana. Desarrollamos un chip similar al que tenía el sabueso y lo implantaron en... Está en mi cuerpo ahora.

—No entiendo por qué es ahora que me lo dices. Dina —dije de pronto, mirándola por primera vez con un sentimiento de ira—. No sé si estoy entendiendo, ¿para qué mi padre pediría que lo implanten en ti? —le pregunté a Pee.

Mi padre nos encontró conversando en el pasillo y nos interrumpió extrayendo de nuestro círculo a Pee. Por supuesto que me opuse, pero tanto Pee como mi padre dijeron «órdenes son órdenes».

Había llegado la hora. Eran las siete de la noche y todos debíamos ir al gran salón, el mismo donde comíamos y en donde tenían lugar casi todas las actividades. Mi padre y sus guardianes estaban allí de pie, esperándonos a todos.

—Creo que el momento para el cual hemos entrenado tanto y ensayado tendrá lugar esta noche, y será el momento más difícil de nuestras vidas en este lugar. El animal que atacó a Carpio hace días tenía un chip de rastreo, así que los agentes de la paz saben dónde estamos. Ya no es necesario seguir escondidos.

La gente comenzó a hablar y a cuestionar. Decían todo tipo de cosas inentendibles hasta que mi padre los calló a todos con un grito.

—Les pido valentía. No puedo exigirles más. Yo mismo daría mi vida por cualquiera de ustedes, pero sé que estas palabras le dolerán más a mi hijo de lo que yo pudiese imaginar. Esta noche no habrá guerra, pero sí un intercambio. Esta noche el señor Sho, el padre de Pee, vendrá por él y no quiero que mi hijo ni su hermana ni ninguno de ustedes se entrometa.

—¡No! ¡No puedes hacer eso! —dije a punto de llorar. Mi hermana se acercó para abrazarme, pero me zafé de ella y me dirigí directamente a mi amigo.

—Fue mi elección, Dino —dijo Pee—. Tú ya encontraste a tu familia y es mi turno de reunirme con la mía. Así que te pido hacerte a un lado, pues ya pronto debo partir.

—¿Y qué te ha ofrecido a cambio el señor Sho? ¿Acaso te ofreció paz o una tregua? O...

—A tu madre.

En aquel momento enmudecí y creo que casi perdí el equilibrio. Un montón de recuerdos se acumulaban y trataban de atropellarse apoderándose de mi mente. Me encontraba en una encrucijada. Yo quería ver a mi madre, pero no quería perder a uno de mis mejores amigos.

El reloj indicaba las ocho de la noche. La hora del intercambio. Mi padre y sus guardaespaldas bajaron del pedestal para escoltar a Pee hacia las garras del señor Sho. Nosotros solo podíamos ver a través de las pocas cámaras de seguridad que servían y daban vista a las afueras del refugio.

Mi corazón latía con fuerza, mucho más cuando los agentes, que usaban nuestros mismos trajes, comenzaron a avanzar hacia la puerta.

Eran al menos unos cien de ellos, todos con armas de fuego y barras de descarga eléctrica.

Vimos al padre de Pee salir de entre las tropas. Detrás de él venía mi madre con las manos atadas y con media cara cubierta por una máscara conectada a un respirador.

Me pareció que el tiempo no había avanzado y que los años no me la habían robado. Sentí temor y rabia. Sentí el impulso de detenerlo todo, darnos las manos y hacer las paces. Luego me cuestioné por qué Pee se entregaría para ser intercambiado por mi madre si a fin de cuentas él no la conocía, y si él quisiese volver con su padre no había necesidad de haber sido perseguido y casi devorado por un lobo. Recordé los días en que mi padre se reunía a solas con mis amigos. ¿Qué había detrás? ¿Qué buscaba mi padre y cuáles eran sus pretensiones?

Le dije a Alexis, el chico de cómputo que estaba a mi lado, que apagara la cámara trasera, que no me cuestionara —como hijo del presidente de la sociedad del refugio podía darle órdenes superiores— y que no dijera nada, pero en mi mente solo había un objetivo: terminar con esta absurda rivalidad.

—Tu hijo está aquí conmigo, Sho.

—Y traigo a tu esposa como lo prometí.

Sé que en el fondo mi padre no tenía ánimos de luchar, al menos no al principio, aunque el señor Sho ya estaba listo para atacar.

Pee avanzó con lentitud hacia su padre, y mi madre caminó un par de pasos hacia Pee. Él solo agachó la cabeza en señal de saludo y ella hizo la misma reverencia.

Yo ya había echado a andar hacia la parte trasera del complejo donde estaba el sistema de altavoces y la sala de cómputo. Si el señor Sho pretendía ganar sin batallar limpiamente, estaba muy equivocado. Él quizás tendría el poder de las armas, pero nosotros teníamos cerebro. Sé que sonara cliché, pero el saber puede más que la fuerza bruta.

Recordé las primeras palabras de mi casco parlante. Si a partir del mío fueron construidos todos los demás prototipos y por aquella razón el señor Sho quería mi traje para reprogramar todos los suyos, le daría entonces aquello que tanto deseaba.

Conecté mi casco a la base de datos que teníamos en el complejo y a su vez al sistema de altavoces y esperé a que el señor Sho diera su orden. Sabía que no me equivocaría.

Pee estaba al lado de su padre y mi madre al lado del mío. Mi amigo lloraba y tenía miedo. Era evidente que no deseaba estar allí.

—Padre, termina ya con esto —pidió Pee.

—Me habían dicho que eras inmune, pero me han engañado: solo eres resistente. Así que no vine por ti esta noche, sino por tu amigo.

El señor Sho tomó de rehén a su propio hijo y, arma en mano, apuntándole a su cabeza, exigió que yo saliera de mi escondite.

Mi padre trató de dialogar y disuadirlo para evitar que su sed de poder lo consumiera tanto que cometiera aquel acto imperdonable, pero nada parecía funcionar.

Supe que era momento de salir y tenía la seguridad de que, cualquiera que fuera el resultado, mi padre ya no abandonaría a su familia, y me refería a todos los que estaban a su custodia.

—Aquí me tienes —dije de pronto saliendo por la misma puerta que me recibió—. Ahora deja ir a Pee —dije con el mismo carácter con el que lo habría hecho mi padre.

Mi amigo corrió rápidamente de vuelta. Vi al señor Sho sonreír con malicia y volví a ver a Mr. Bigotes en ese rostro lleno de avaricia y maldad.

—No hará nada más. Yo soy la cura. En mi ADN está toda la información que necesita, pero antes quiero decir algo para finalizar con este capítulo.

Muchos estallaron en risas y otros solo giraban sus cabezas como preguntándose qué sucedería ahora.

—Sé que muchos, por no decir la mayoría, sienten que están atados a una realidad que no quisieran vivir. Sé que la mayoría quisiera ser libre y es posible serlo. Si yo les dijera que existe esa posibilidad, que puede ser una realidad, ¿cuántos de ustedes darían un paso adelante? —nadie se movió ni dijo nada—. Iré con usted, señor Sho, y haré lo que me pida solo con una condición.

—No dejaré que hagas esto, Dino —dijo mi padre a viva voz, dando algunos pasos hacia adelante. Pero las tropas del señor Sho ya habían cargado sus armas y estaban apuntándolo.

—«Órdenes son órdenes», papá —dije mirándolo fijamente. Él sabía que tenía miedo, pero también que tenía convicción y que no me entregaría sin luchar—. Quien quiera unirse a las filas de mi padre, hágalo ahora —al menos más de la mitad de ellos pasaron a ser del bando de mi padre sin pensarlo, casi corrieron hacia el refugio—. Muy bien, ahora conoce su verdadera realidad, Sho. Está solo, y no puede retener a personas contra su voluntad. Mire a su alrededor.

—Ya cállate, niñato —vino hacia mí con ganas de golpearme, pero levanté mi mano con un controlador de sonido en ella.

—Solo diré algo más e iré con usted —añadí—, pero primero quiero que todos me oigan: yo jamás seré suyo —dije con fuerza.

—CHRONES, conéctate a todos los trajes. Desconecta todo el sistema y comienza a borrar toda la data.

Alexis, quien sabía la locura que intentaba hacer, liberó gas somnífero en ese momento. De pronto, todo se volvió blanco. Como los cascos que Sho y los pocos que habían quedado con él ya no tenían protección, solo tendrían un par de minutos hasta llegar a algún refugio para no morir a causa del virus.

Regresamos. Mi madre había vuelto. Pee seguía con nosotros y tenía la seguridad de que encontraríamos la manera de vacunar a todos los que fuera posible. Seguiremos en la búsqueda de más personas para ser rescatadas y ya pronto no viviremos bajo tierra.

Querido lector, estas crónicas no acaban aquí, pero dejaré que tu mente viaje e imagine el destino que cada uno eligió, pero de algo debes estar seguro: vivir es una elección que se hace a diario, no olvides nunca encender la luz cuando te sientas hundir en lo oscuro. Los caminos, por difíciles que sean, siempre son más fáciles con compañía. No dejes de creer y tener fe, porque el cambio se acerca y lo que parece el fin es realmente cuando todo recién empieza.

Lecturas recomendadas

El anciano eterno (Luis Tello)

Un mundo corrupto (Felipe Martínez)

Bosque oscuro (José Hernández)

Terror entre páginas (Stephanie Sarmiento Carbajal)

Hay algo que te acecha. Relatos de horror, suspenso y misterio (Antonia de la Luna)

Esteban Firelight I (Reliquia de Windflower) (Catalina Monsalvez)